Giuseppe Gracia
Auslöschung

AF238429

www.fontis-verlag.com

Giuseppe Gracia

Auslöschung

ʃfontis

Bibliografische Information der Deutschen Nationalbibliothek
Die Deutsche Nationalbibliothek verzeichnet diese Publikation in der
Deutschen Nationalbibliografie; detaillierte bibliografische Daten sind im
Internet über www.dnb.de abrufbar.

Der Fontis-Verlag wird von 2021 bis 2024
vom Schweizer Bundesamt für Kultur unterstützt.

Der Autor dankt für die Begleitung dieses Romans Antje Gracia, Saida
Keller-Messahli, Adrian Riklin und Dominik Klenk.

Umschlagillustration: Jan Gracia
Umschlaggestaltung: René Graf, Fontis AG
Satz: InnoSet AG, Justin Messmer, Basel
Druck: Finidr
Gedruckt in der Tschechischen Republik

ISBN 978-3-03848-278-9

Für meinen Bruder Fredi Gracia
1979–2007

«Sie möchten gern, dass ihr ungläubig werdet,
wie sie ungläubig sind, sodass ihr gleich seid. Nehmt euch daher
von ihnen keine Vertrauten, bevor sie nicht auf Allahs Weg
auswandern! Kehren sie sich jedoch ab, dann ergreift sie
und tötet sie, wo immer ihr sie findet.»
– Der Heilige Koran, Sure 4, Vers 90

1

Ich kann nicht mehr sicher sagen, wann ich das Manuskript «Auslöschung» geschrieben habe, vor oder nach dem Massaker der Hamas in Israel. Ich erinnere mich an die Nachrichten aus dem Gazastreifen.

Ich glaube, in jenen Wochen hat mich Lichtenberger dazu überredet, mit ihm nach Berlin zu fliegen. Ich erinnere mich an den Abend im Haus der Kulturen, in dem das Erste Deutsche Fernsehen die prominenten Gäste gefilmt hat: Berühmtheiten aus Politik, Kultur und Medien.

Lichtenberger hat für unsere Reise die Kosten übernommen, weil er wusste, dass ich pleite bin. Er hat mir einen neuen Anzug gekauft, damit ich mich in der Berliner Gesellschaft nicht blamiere.

Mehrmals hat er mich an solche Anlässe geschleppt, aus Mitleid und aus dem Drang heraus, seinen Einfluss geltend zu machen. Lichtenberger feiert als Theaterregisseur Erfolge und wollte mich als Schriftsteller in der Szene etablieren und allen beweisen, dass er nicht nur ein guter Regisseur ist, sondern auch ein Literaturkenner.

Aber Lichtenberger konnte schon damals, nach Veronikas Selbstmord – Lichtenbergers Schwester –, nicht verhindern, dass mich die Kulturszene zurückgewiesen hat. Weil ich es nach Veronikas Tod gewagt habe, eine eigene Religion zu haben unabhängig von der offiziellen, westeuropäischen Kulturreligion. Dafür hat man mich exkommuniziert, denn die Hohepriester, die auch in den Redaktionen und Regierungen sitzen, fordern den vollen moralischen Gehorsam für ihre Dogmen, und sie erwarten, dass du ihren Gesinnungscocktail täglich hinunterschluckst.

Wenn ich daran denke, wird mir übel. Ich weiß noch, wie Lichtenberger und ich den Festsaal in Berlin betreten haben. Sofort ist mir aufgefallen, wie geschmeidig und höflich sich die Mitglieder der Kultur-Oberklasse bewegen, wie sie grüßen und lächeln. Wie sie dir schmetterlingsleicht die Hand reichen und dann schnell an dir vorbei in die nächste Begrüßung flattern. Wie sie in alle Richtungen ihre frisch geduschte Bescheidenheit verströmen.

Lichtenberger, der als etablierter Regisseur solche Rituale gewohnt ist, bleibt während der ersten halben Stunde in meiner Nähe. Er versucht mich mit wichtigen Personen bekannt zu machen. Personen, die Lichtenberger alle zu respektieren scheinen, weil mein Freund immer so clever gewesen ist, die Dogmen der Kulturkirche niemals in Frage zu stellen. Deswegen gehört Lichtenberger längst selbst zur Oberklasse und wirkt an diesem Abend so geschmeidig und höflich wie die anderen.

Ich versuche mich von der «guten Stimmung» anstecken zu lassen, von der alle sprechen. Für eine kurze Zeit, nach dem zweiten Drink, gelingt es mir – sodass ich mir sage, dass es vielleicht doch kein Fehler gewesen ist, herzukommen. Dass ich nicht immer so streng mit mir und den anderen sein sollte, um nicht die totale Verbitterung zu riskieren, sondern dass ich lieber versuchen sollte, mich für die Menschen hier zu öffnen. Dass ich für diese Menschen empfänglich sein sollte, um mich von ihrer Leichtigkeit, wie ich mir vorstelle, tragen zu lassen.

Und vielleicht bedeuten mir solche Anlässe am Ende immer noch etwas. Weil ich immer noch, Jahre nach dem Glaubensabfall, die offiziellen Segnungen und Pontifikalämter der Kultur-Oberklasse *begehre*. Weil es mir an diesem Abend in Wahrheit gar nicht so schwerfällt, mit den Leuten anzustoßen, mit den Kristallgläsern und den weißgoldenen Champagnerperlen. Weil ich diese Leute in Wahrheit bewundere, ihre Herrenausstatter-Anzüge ebenso wie die eng anliegende Vulgarität ihrer Seidenkleider.

Aber dann, als der Abend voranschreitet, kommt die Begegnung mit ein paar Regierungsvertretern an der Seite ihrer Lieblingsintellektuellen und Lieblingshuren. Ich sehe zwei bekannte Modeschöpfer und einen noch bekannteren Schweizer Tennisstar, mit weißem Anzug und weißer Krawatte. Ich bereue es plötzlich, ihnen die Hand geben zu müssen und verspüre das Verlangen, sie schnell und hart und von verschiedenen Seiten zu ohrfeigen – fürs Fernsehen aus verschiedenen Perspektiven.

Ich stehe mitten im Luxusgedränge, als es mir den Atem verschlägt, weil ich unter den Gästen plötzlich Veronika erblicke. Veronika, die seit sechs Jahren tot ist. Veronika, die sich vor sechs Jahren auf die Schienen gelegt hat, unter das pünktliche Tonnengewicht der Schweizerischen Bundesbahnen.

Ich sehe die langen schwarzen Haare und die Augen. Die Augen, die mein Herz verschluckt und nie wieder herausgerückt haben.

Wie kann Veronika hier sein? Unter diesen humanistischen Masken und Gesten, vor der großen hinteren Spiegelwand des Berliner Festsaals, in der alles doppelt und dreifach schön aussieht?

Ich sage mir, dass ich mir das einbilde, dass es an meinen Nerven liegen muss. Diese Frau, die ich für Veronika halte, sieht Veronika nur ähnlich, und sobald ich mich nähere, werde ich die böse Täuschung durchschauen.

Das geschieht aber nicht, als ich mich nähere, sondern ich denke, dass sie es *doch* ist, weil keine Frau eine solche Ähnlichkeit mit Veronika haben kann. Unmöglich. Mein Atem stockt, und ich frage mich, ob ich sie berühren soll. Ich frage mich, ob ich ihre Hand nehmen und sie festhalten soll und dann – hineinsinken in den Augenblick.

Es kommt nicht so weit. Veronika dreht sich um und entfernt sich schnell, als habe jemand dringend nach ihr verlangt. Ich folge ihr und verliere sie im Gedränge des Saals. Unterwegs frage ich den Shakespeare-Darsteller Z. und ein paar Geistesgrößen aus dem Feuilleton, die mir entgegenkommen, ob sie die langen schwarzen Haare gesehen haben.

Niemand weiß, von wem ich spreche. Niemand weiß, wer Veronika ist, und wie könnten diese Leute auch wissen, wer sie ist und wie sie mich schon vor Jahren verfolgt hat, beim Schreiben und beim Schlafen, verfolgt bis in die Kirche, in die ich geflüchtet bin, um zu beten.

Ich suche Veronika im Foyer, draußen vor dem Haus der Kulturen und dann wieder drinnen im Saal, wo ich meinen Freund Lichtenberger treffe, Veronikas Bruder. Lichtenberger wirkt nicht überrascht, als ich ihm sage, ich hätte unter den Gästen seine *tote Schwester* gesehen.

Natürlich ist sie da, sagt er. Veronika muss auftreten, sagt er und strahlt übers ganze Gesicht. Hast du vergessen, dass wir das neue Stück «Auslöschung» aufführen? Weißt du das nicht mehr? Dieser Festsaal mit den wunderbar eingekleideten Schauspielern, die blumengesäumten Tische, die große Spiegelwand hinten: Ist das nicht die beste Bühne für unser Stück?

Lichtenberger legt die Hand auf meine Schulter.

Mein Freund, sagt er, das ist die Adaption deines Romans «Auslöschung». Du kannst auf dein Werk stolz sein, denn nach dieser Premiere können dich die Etablierten nicht mehr so einfach ignorieren und ihre blasierten Nasen rümpfen.

Ich habe das Gefühl, zu schwitzen, zugleich ist mir kalt.

Dann bemerke ich, wie die Gäste beginnen, für den offiziellen Teil des Abends an ihren Tischen Platz zu nehmen: Ein Diner mit Vorträgen, Laudationen und Musik. Ist das alles nur eine Inszenierung?

Die Gäste sehen jedenfalls genauso aus wie die Gäste am realen Abend in Berlin. Ich erinnere mich, wie die Gäste in Berlin an jenem Tag auf die exakt gleiche Weise in der exakt gleichen Reihenfolge auf den exakt gleichen Stühlen Platz genommen haben. Genau wie die Gäste hier, die sich vollkommen lebensecht bewegen, durch nichts als Schauspieler zu erkennen.

Brav sitzen sie da und lauschen der Eröffnungsrede des Bundespolitikers W., die vom Team des Ersten Deutschen Fernsehens gefilmt wird. Währenddessen frage ich mich, warum ich mich so gut an *alles* erinnere, selbst an die Rede des Bundespolitikers – wo ich mich doch sonst nie an die Rede eines Politikers erinnert habe: nicht an einen Satz, nicht an einen Gedanken, den je ein Politiker geäußert hat, vorausgesetzt, es wurden in den Sätzen dieser Politiker je Gedanken geäußert.

Was geschieht als nächstes? Applaus, natürlich.

Alle Gäste klatschen in die Hände, auch ich klatsche in die Hände, obwohl ich gar nicht in die Hände klatschen will und wahrscheinlich niemand hier in die Hände klatschen will.

Da erhebt sich der Literaturnobelpreisträger X. von seinem Platz und geht nach vorne ans Podium, um ebenfalls eine Rede zu halten, über die gemeinsamen Werte Europas, die wir «gegen jeden politischen und religiösen Radikalismus» verteidigen müssten. Werte, die schon lange nicht mehr existieren, falls sie je existiert haben, die der Literaturnobelpreisträger aber mit einer solchen Sprachkunst und Erhabenheit beschwört, dass für einen Moment alle daran glauben.

Dann fällt der erste Schuss.

Die losgefeuerte Kugel fliegt in Richtung Podium und reißt ein Loch in den Gedankenteppich des Literaturnobelpreisträgers. Dieser hat noch Zeit, sich an die Brust zu fassen und zusammenzusinken, bevor weitere Kugeln abgefeuert werden und in der großen Spiegelwand hinter dem Podium Löcher hinterlassen, wie Spinnennetze aus Diamantsplittern.

Es stürmen die bärtigen Männer in den Festsaal, die bald überall im Fernsehen zu sehen sein werden, mit Gesichtern, denen man anmerkt, dass sie nicht damit rechnen, jemals alt oder auch nur müde zu werden. Gesichter, die weniger brutal als vielmehr übermütig wirken, weniger mordlustig als vielmehr von radikaler Entschiedenheit.

Jetzt wird man uns, denke ich, über Stunden in Schach halten mit Kalaschnikows und Sprengstoffwesten für das Jungfrauenparadies. Auf drei Bildschirmen werden wir mitverfolgen, wie die Welt draußen vor dem Haus der Kulturen in Aufregung gerät. Wir werden sehen, wie in Windeseile hochauflösende Fernsehteams herangezoomt kommen. Wie sie sich im umherstreifenden Blaulicht der Einsatzwagen postieren, um Kamerawinkel auszuprobieren und die alarmierte Nacht einzufangen.

Ich *weiß*, dass es so kommen wird, und vielleicht spüren es auch andere Gäste. Einige von ihnen springen von ihren Stühlen hoch. Sie wollen fliehen, doch sie werden von den Kalaschnikows zu Boden gemäht und versuchen, wenn sie nicht sofort tot sind, in bizarren Zuckbewegungen wieder zu ihren Stühlen zu kriechen – gestoppt von den ersten, präzis ausgeführten Kopfschüssen des Abends.

2

Die Terroristen schnappen sich das Team des Ersten Deutschen Fernsehens und weisen es an, ab sofort und in jedem Fall genau das zu tun oder zu lassen, was ihnen der Leiter der Operation befiehlt.

Dieser Leiter, ein Mann namens Hamed S., stellt sich den frischgebackenen Geiseln mit ruhiger Stimme vor, während im Hintergrund drei Flachbildschirme hereingetragen werden. Man stellt die Bildschirme vor der Spiegelwand mit den Einschusslöchern auf, je einen auf der linken und rechten Seite, den dritten Schirm in der Mitte.

Hamed S. wünscht eine Liveschaltung zum Studio des Ersten Deutschen Fernsehens und lässt außerdem einen Online-Videostream vorbereiten.

Ein Vorgehen, das in gewisser Weise gut zur restlichen Technologie der Terroristen passt: Neben Kalaschnikows und Handfeuerwaffen führen sie elektronische Geräte mit sich, mit kupferfarbenen, goldenen und roten Kabeln. Dazu die Sprengstoffwesten, deren Konstruktion, wie ich weiß, viel Fachwissen und Erfahrung voraussetzt. Die Konstruktion von Sprengstoffwesten ist nichts für Dilettanten, bei denen es nicht selten zu frühzeitigen und damit unergiebigen Selbstsprengungen kommt. Auch die GoPro-

Kameras und Smartphones sowie die militärische Ausbildung der Terroristen sind auf dem neusten Stand.

Gezielt, von allen Seiten her, treiben die Männer ihre Opfer vor den blumengesäumten Tischen zusammen, lassen sie am Boden Platz nehmen und dunkelgrüne Plastiktüten verteilen, in die sämtliche Smartphones, Tablets, Blackberrys und so weiter kommen. Wer nicht spurt, wird mit Füßen und Gewehrkolben wachgeschlagen, in den Kopf, ins Gesicht.

Ich frage mich, ob das alles nur ein Traum ist, weil ich so ruhig bleibe. Und ich frage mich, ob es wirklich nur unser sogenannter Liberalismus ist, der in der islamisch-arabischen Welt einen solchen Hass und einen solchen Vernichtungswillen erregt gegen den Westen und gegen seinen Lebensstil. Ich beobachte die jungen Männer unter der Leitung von Hamed S., der die Plastiktüten und die ersten Leichen – darunter den Literaturnobelpreisträger X. – in einen Nebenraum schleppen lässt und sich beim Fernsehteam erkundigt, ob die Liveschaltung steht.

Ich studiere das Gesicht von Hamed S., sein im Gürtel steckendes Schwert, die grauschwarz gemusterte Weste, auf der Knöpfe blinken, und die Hamed S. mit der linken Hand berührt, wie um sich zu vergewissern, dass alles noch da ist. Mit der rechten Hand bedient der Leiter der Operation sein Smartphone, um zuerst sich selbst und dann die Terrorkollegen zu filmen. Dann filmt er die Geiseln und wendet sich dem Team des Ersten Deutschen Fernsehens zu, das ihn ebenfalls bereits filmt, wobei Hamed S. nun seinerseits die Fernsehleute filmt, vielleicht für den Online-Videostream.

Das ist alles nur möglich mit der westlichen Technologie, denke ich. Natürlich, denn es kann kein Mensch mit Kamel und Steinschleuder gegen die westliche Kultur auch nur das Geringste ausrichten, nicht ohne diese Technologie, die es nur im verhassten Westen gibt, weil nur im verhassten Westen Männer und Frauen und Ungläubige frei arbeiten und forschen können, um dann Dinge wie den Computer zu erfinden, Flugzeuge und zuverlässige Sprengsätze. Typisch westliche Dinge, auf die heute jeder moderne Islamist angewiesen ist, weil die technisch-kulturelle Impotenz der arabischen Welt eine totale ist und nichts Vergleichbares bieten kann.

Hamed S. weist die Geiseln an, still am Boden zu sitzen, eine überflüssige Anweisung, da sich kein Mensch rührt. Oder ist mir etwas entgangen? Habe ich eine Geisel übersehen, die irgendwo zwischen den Stühlen davonkriechen oder davonrobben wollte?

Ruhig, mit langsamen Bewegungen, bringt sich Hamed S. vor der Kamera des Ersten Deutschen Fernsehens in Position: die Maschinenpistole geschultert, die Weste über dem im Gürtel steckenden Schwert blinkend. Das Gesicht ernst und zugleich entspannt, als stünde er auf dem Grund einer tiefen Sicherheit, die von außen kein Mensch mehr stören kann.

Hamed S. erklärt dem Publikum, warum die Verantwortlichen des Ersten Deutschen Fernsehens diese Live-Übertragung zu gewährleisten haben und warum sie es nicht wagen sollten, diese Sendung zu unterbrechen oder in irgendeiner Weise zu manipulieren. Für jede wie auch immer begründete Unterbrechung der Sendung, für jeden wie auch immer erfolgten Manipulationsversuch werde sogleich eine Geisel erschossen oder zuerst gefoltert – die Frauen durch das Brechen der Arme, die Männer mit Messerstichen in die Genitalien, damit die Strafe Allahs deutlich werde und die Schreie der Ungläubigen Zeugnis ablegten für die unbedingte Autorität dieser Operation.

Hamed S. macht eine kurze Pause, die einstudiert wirkt, dann werden die Bildschirme hinter ihm aktiviert und mittels Split-Screen auf sechs verschiedene Kanäle eingestellt, unter anderem auf YouTube und das Erste Deutsche Fernsehen, das seine Live-Übertragung aus dem Saal, wie es scheint, bereits eingerichtet hat.

Die Zuschauer draußen in der Welt empfangen nun den Leiter der Operation, Hamed S., in hochauflösender Qualität. Auf den anderen Bildausschnitten schalten sich erst nach und nach weitere Sender zu und präsentieren alarmierte Frontansichten des Kulturhauses bei Nacht.

Hamed S. erklärt den Zuschauern, warum er für die heutige Märtyreroperation diese Ansprache hält. Er meint: Die dekadenten westlichen Medien stellten seit Jahren die Mitbrüder im Dienst Allahs, des Allerbarmers, vollkommen falsch dar. Es sei in diesen Medien immer nur die Rede von Terror und feiger Gewalt. Es werde der Anschein erweckt, es gehe um einen Missbrauch des Islam. So, wie in Europa seit Jahren die Lüge verbreitet werde, dass die Muslime in Europa nicht einverstanden seien mit den Taten der Märtyrer, während in Wahrheit alle Muslime in Europa, gemeinsam mit den Glaubensbrüdern in der restlichen Welt, ihr Herz ganz den Märtyrern widmeten und für den Erfolg ihrer Taten beteten. Jeder gute Muslim wünsche sich die Herrschaft Allahs und also den Niedergang aller denaturierten Kulturen, die dieser Herrschaft im Wege stünden. Jeder gute Muslim liebe Allah und verachte die Juden und die Christen und die Ungläubigen, die Allah nicht liebten. Jeder gute Muslim müsse diesen seinen wahren Glauben jedoch im Geheimen leben, weil die Islamhasser und also Gotteshasser in Europa immer sofort die Verfolgung aufnehmen würden, sobald der Muslim seinen Glauben offen zeige.

So spreche er, Hamed S., heute für diese Glaubensbrüder, die nicht sprechen könnten als Minderheit unter den Islamhassern und Gotteshassern, unterdrückt von den Juden und ihrem kapitalistischen Herrschafts- und Polizeiregime. Er, Hamed S., versichere hiermit allen Glaubensbrüdern, dass die Islamhasser und Gotteshasser bald vernichtet sein würden und dass die Muslime dann aufatmen könnten, um der Herrschaft Allahs zuzujubeln.

Er, Hamed S., sende diese Botschaft heute bewusst durch die dekadenten westlichen Medien, damit auch die Ungläubigen und Denaturierten, die nur solche Medien konsumierten, für einmal die Wahrheit hören. Die Wahrheit über die Märtyreroperationen in Israel. Die Wahrheit über die Operationen in New York, Paris, Brüssel und London. Immer wieder habe man diese Operationen im Dienst Allahs, des Allerbarmers, wie barbarische Akte der Menschenvernichtung dargestellt, ohne den wahren Grund zu verstehen oder geistig und spirituell überhaupt in der Lage zu sein, dem Zuschauer wenigstens eine Ahnung des wahren Hintergrundes zu vermitteln. Dieser Hintergrund sei nichts anderes als Allah. Der einzige wahre Gott mit der einzigen wahren Macht, den Menschen vor der eigenen seelenzerstörenden Gottvergessenheit zu bewahren. Daher seien die Märtyreroperationen ganz das Gegenteil von barbarischen Akten der Menschenvernichtung, vielmehr ein Kampf gegen die Degradierung des Menschen zur globalisierten Ware, gegen die Herrschaft der Juden und der USA, gegen die Herrschaft der Wirtschafts- und Konsumlüge als Existenzverfälschung. Dies sei die Wahrheit, die in den westlichen Medien verschwiegen werde, wie es überhaupt der Westen sei, der mit seinen Techniken der Massenmanipulation barbarische Akte der Menschenvernichtung betreibe – nicht der Islam, der als letzte Weltreligion noch den Mut zum Widerstand aufbringe, nachdem auch die Christen längst zu Huren des Kapitals geworden seien.

Nach diesen Worten, gut vorgetragen, mit der genau richtigen phonetischen Dosierung und den genau richtigen Pausen an den genau richtigen Stellen, lächelt Hamed S. in die Kamera.

Es scheint klar, dass er für das Verfassen einer solchen Ansprache, falls er sie selbst verfasst hat, gebildet sein muss und vermutlich in Deutschland aufgewachsen ist.

Über diese «Extremisten» und «Terroristen» behaupten westliche Medien immer wieder, sie seien nur Opfer oder jedenfalls Produkte einer misslungenen Integration. Opfer oder jedenfalls Produkte einer misslungenen Eingemeindung in New York, Paris, Brüssel oder London. Sodass dann gewisse Hassprediger aus dem arabischen Raum oder aus dem Balkan ein leichtes Spiel hätten, solche Leute zu rekrutieren – auch wegen der imperialen Sünden der nordamerikanischen, englischen oder französischen Außenpolitik.

Ich überlege, wie brauchbar diese Erklärung eigentlich ist. Ob diese jungen Leute nicht ihre tieferen Gründe haben, um den Lebensstil zu hassen, mit dem sie aufgewachsen sind. Ob sie sich wirklich nicht «radikalisieren» lassen würden, auch wenn sie gut integriert wären, das heißt: wenn sie attraktive Jobs und Wohnungen für ihre Familien hätten.

Wie wahrscheinlich ist es, überlege ich, dass diese jungen Leute wenig über den Islam wissen und ihre Gewalt nur zufällig damit begründen, dass sie einfach falsch erzogen worden sind, aufgehetzt gegen Juden und gegen die USA. Wie wahrscheinlich ist es, dass islamische Hassprediger diese Leute nur als nützliche Idioten einsetzen, als Bauern in einem geopolitischen Schachspiel zwischen arabischen Öldynastien und westlichen Kapitalisten? Kann es nicht sein, überlege ich, dass unsere Jungterroristen den Westen im Grunde einfach durchschauen: unsere unter der glänzenden Oberfläche doch recht geistlose Hamsterrad-Existenz?

Aber dann denke ich, dass ich *meine* Ansichten nicht mit den Ansichten der bärtigen Brüder verwechseln darf, dass ich meinen

Gesellschaftsüberdruss nicht auf sie projizieren darf. Und dass ich, wenn ich vernünftig denke, doch immerhin zu berücksichtigen habe, dass bei uns im Westen viele Millionen Menschen relativ frei leben können, dass sie dieser Gesellschaftsordnung die Annehmlichkeiten des gehobenen Mittelstandes und seit Jahrzehnten kriegsverschonte Existenzen verdanken. Und dass das Abendland mit seinen griechisch-römischen und jüdisch-christlichen Wurzeln nicht nur materielle Stabilität, sondern auch geistig-spirituelle Tiefe zu bieten hat, ja eine größere geistig-spirituelle Tiefe als die islamisch-arabische Welt, die es nicht einmal schafft, die Frauen offen herumlaufen zu lassen und sie in mobilen Stoffzelten gefangen hält, nur damit die Männer sich sicher fühlen.

Wie erbarmungslos *dumm* ist das alles, frage ich mich und muss mich beherrschen, um nicht ein Geräusch zu machen, um nicht zu seufzen oder zu stöhnen, sondern still zu bleiben.

Ich beobachte Hamed S., der jetzt weiße A4-Blätter an seine Terrorkollegen verteilen lässt. Zwei oder drei Blätter, auf denen, wie es scheint, die Namen aller Geiseln stehen. Eine Gästeliste aus dem Haus der Kulturen, die sie irgendwo aufgetrieben haben und offenbar für eine Anwesenheitskontrolle nutzen.

Hamed S. liest die Namen auf der Liste vor, während die vor den Tischen am Boden sitzenden Frauen und Männer abwechselnd die Hand heben müssen. Wenn niemand die Hand hebt, wird noch einmal nachgefragt, dann streichen die Gotteskrieger gleichzeitig, mit beinahe identischer Handbewegung, den Namen durch.

Nach dieser Prozedur wendet sich Hamed S. ans Publikum der Fernsehübertragung und des Livestreams ins Internet, und zwar mit der Ankündigung, es würden nun die ersten Hinrichtungen erfolgen. In genau festgelegter Reihenfolge werde jeweils ein Name aufgerufen, woraufhin diese Person nach vorne zu kommen habe, vor die Kamera des Ersten Deutschen Fernsehens und vor die Kamera des Livestreams. Dann werde eine Anklageschrift verlesen, zur Bekanntmachung der Sünden des Angeklagten, bevor das Urteil vollstreckt werde: Kopfschuss oder Schwert, je nach Wunsch des Angeklagten – und wenn dieser schweige, gelte das Schwert. Man solle sich, besonders seitens der deutschen Polizei, keinen Illusionen hingeben und nicht versuchen, die Hinrichtungen zu stoppen. Man werde sämtliche Todesurteile vollstrecken und wünsche keinerlei Kommunikationsversuche seitens der Außenwelt. Ebenso werde beim geringsten Anzeichen eines Sturmversuchs alles in die Luft gesprengt. Wie auch beim geringsten Anzeichen dafür, dass das Erste Deutsche Fernsehen die Sendung unterbreche.

Nach dieser Klarstellung ruft Hamed S. den ersten Namen auf: den Namen Ismail Nagibi. Das ist ein bekannter, aus Ägypten ausgewanderter Schriftsteller, Philosoph und Islamgelehrter.

3

Ismail Nagibi ist ein kleiner Mann um die Sechzig. Die meisten Gäste im Saal werden sein Gesicht nicht kennen, doch bestimmt seinen Namen; er ist der aktuelle Träger des Friedenspreises des Deutschen Buchhandels.

Nagibi wirkt ruhig, als er bei der Nennung seines Namens die Hand hebt und von seinem Platz aufsteht. Ebenso ruhig wirkt er, als er sich nach vorne begibt und, ohne ein Wort zu sagen, vor Hamed S. stehen bleibt.

Es sieht nicht so aus, als habe es Nagibi die Sprache verschlagen, sondern eher so, als habe er für sich entschieden, dass es nichts bringe, überhaupt etwas zu sagen – welche Ängste, Wünsche oder Gedanken in diesem Moment auch immer in seiner Seele miteinander im Streit liegen mögen. Bestimmt hat der Mann Angst, aber man sieht ihm nichts an.

Eigenartig, dass auch sonst alle im Saal still sind und niemand sich regt. Dass alle schweigend zuschauen und zuhören, wie Hamed S. damit beginnt, die Anklageschrift gegen den kleinen, 60-jährigen Mann zu verlesen.

Der hier anwesende Ismail Nagibi, sagt Hamed S., geboren in Kairo, habe im Krieg gegen Gott und Seinen Gesandten Abscheuliches verübt, und zwar als Gelehrter des Islam und Kenner des Gesandten Mohammed, der Friede sei mit ihm. Ismail Nagibi wisse

23

genau, wer Allah sei und was Er von den Menschen erwarte, um das Haus des Islam als Friedensordnung auf der Welt zu errichten. Der Koran könne alle Gesellschaften zu edlen Werten führen, zum immerwährenden Wasser für die nach Gott dürstende Seele. Dies seien Tatsachen, die der Angeklagte auf das Niederträchtigste verraten habe. Diesen Verrat habe Nagibi in der westlichen Welt als fortschrittliche, alles relativierende, dem Geschwätz der Menschen ausliefernde Klugheit verkauft und sich dazu missbrauchen lassen, der geistigen Verbrennung des Koran zu dienen, der Herabwürdigung des Koran auf die Ebene profaner Bücher. Während jeder Moslem auf der Welt wisse, dass der Koran ein Heiligtum aus den Himmeln der Ewigkeit sei, die wörtliche Weisung Allahs, habe Nagibi den Koran in den Staub der Geschichte und der Menschenwerke getreten. Genauso, wie die Christen mit ihrer Bibel umgingen und mit ʿĪsā ibn Maryam, dem Propheten Jesus, der Friede sei mit ihm. Wer aber so niederträchtig gegen den Koran vorgehe, arbeite zusammen mit dem Teufel an der Auflösung der Gottesfurcht und also an der Entehrung Allahs und Seines Gesandten Mohammed, der Friede sei mit ihm.

Nach diesen Worten blickt Hamed S. in die Kamera des Ersten Deutschen Fernsehens, blickt in die Kamera für den Online-Videostream, blickt auf die vor den blumengesäumten Tischen sitzenden Geiseln.

Dann blickt Hamed S. zu Ismail Nagibi, der immer noch kein Wort sagt. Ismail Nagibi, der offenbar versucht, sich der medial inszenierten Prozedur durch Passivität zu entziehen. Dabei muss er jetzt *Todesangst* verspüren, so blass und klein wirkt er neben Hamed S. Ich stelle mir den Kampf im Herzen von Ismail Nagibi vor, den Kampf zwischen unbedingter Selbsttreue und Panik, zwischen dem Drang nach Auflehnung gegen die feige Brutalität seines Anklägers und dem Aufbegehren der eigenen Feigheit.

Hamed S. macht einen Schritt auf den Verurteilten zu und will wissen, ob er durch die Kugel oder das Schwert zu sterben wünsche. Der Schriftsteller, Philosoph und Islamgelehrte reagiert nicht. Er beachtet seinen Ankläger und Richter nicht einmal, sondern schaut irgendwo in die Ferne, als beschäftigten ihn ganz andere Gedanken.

Nun eilen zwei Terrorbrüder herbei, wahrscheinlich jene, die im Köpfen am meisten Erfahrung haben. Man zwingt den Verurteilten in die Knie und dann zu Boden, mit dem Kopf nach vorn, wie beim Gebet in Richtung Mekka. Der Größere der bärtigen Helden schlägt mit dem Schwert zu, dreimal, bis der Kopf abgetrennt ist.

Dann – wie gelähmt vom eigenen Schweigen – warten alle, bis das Zittern und Zucken Nagibis nachlässt und nur noch das Blut weiter aus dem Halsstumpf geflossen kommt. Der Kameramann des Ersten Deutschen Fernsehens nimmt alles auf, ohne auch nur einen Moment zu zögern.

Nur vor den blumengesäumten Tischen entsteht jetzt etwas Unruhe. Vielleicht weil die Geiseln bisher nicht geglaubt haben, dass die Terroristen *ernst* machen. Weil sie nicht geglaubt haben, dass hier, in diesem Saal, wirklich Terroristen sind und womöglich alle Geiseln sterben werden, womöglich noch vor Ablauf der nächsten Stunde. Es kann sein, dass die Geiseln das erst jetzt realisieren, mit einem Gefühl des Entsetzens angesichts der Erwartung ihrer eigenen Vernichtung.

Es fallen Schüsse, direkt neben die hochspringenden Füße einer Geisel, die es offenbar gewagt hat, sich zu erheben.

Leute schreien, die Unruhe unter den Geiseln nimmt zu, bis sich plötzlich ein weiterer Mann erhebt. Der Mann heißt Johannes D. und ist, wie ich sogleich realisiere, der Chefredakteur einer Zeitung von internationalem Renommee. Eine Zeitung, die regelmäßig über religiöse Themen berichtet, in differenzierter Weise. Man kann sogar sagen, dass Johannes D. die einzige große Zeitung im deutschsprachigen Europa verantwortet, die nicht prinzipiell gegen Religion schreibt, genauer: nicht gegen eine Religion, die sich prinzipiell als zeitkritisch statt wie üblich nur als religionskritisch versteht. Oder noch genauer: eine Zeitung, die nicht prinzipiell gegen eine Religion schreibt, nur weil sich diese Religion erlaubt, der herrschenden säkularen Kultur eigene, unabhängige Standards entgegenzuhalten.

Es scheint, dass auch Hamed S. den Namen Johannes D. kennt und um die Bedeutung seiner Zeitung für das deutschsprachige Europa weiß, denn er lässt den Chefredakteur, der sich ohne Aufforderung und also ohne Erlaubnis der Geiselnehmer einfach von seinem Platz erhoben hat, nicht einfach erschießen, aus Gründen der Gesichtswahrung der eigenen Autorität und wegen der Gruppendisziplin; sondern Hamed S. bittet den Chefredakteur freundlich nach vorne.

Johannes D. folgt der Einladung, und als er bei ihm steht, neben der Blutlache des Ismail Nagibi, will Hamed S. wissen, was der Chefredakteur zur Verteidigung der westlichen Kultur vorzutragen habe. Denn er, Hamed S., kenne diese Kultur gut und habe hier seine Kindheit und Jugend verbracht. Er, Hamed S., sei an eine deutsche Universität und dann in die deutsche Arbeitswelt gegangen, ebenso in die Freizeitvergnügungen, die Deutschland zu bieten habe und welche die gleichen Freizeitvergnügungen seien wie in Paris, London oder New York. Im Laufe dieser westlichen Jahre habe er, Hamed S., immer weniger Freiheit und einen immer größeren Druck verspürt, eine immer größere Arbeits- und Vergnügungsmüdigkeit, dann eine immer größere Sinnlosigkeit und, in der Folge, einen immer größeren Ekel.

Johannes D., der Chefredakteur, beginnt zu zittern, aus Angst oder weil eine plötzliche Kälte über ihn kommt.

Tatsächlich klingt die Stimme des Chefredakteurs heiser, als er versichert, dass er verstehe, was Hamed S. gerade gesagt habe. Er verstehe, versichert der Chefredakteur, dass die moderne Gesellschaft eine technisch-ökonomische Beschleunigung durchmache und deswegen auf viele Menschen befremdlich wirke. Trotzdem sei nicht alles an der Moderne schlecht, vor allem sei die Freiheit des Einzelnen im Westen sehr hoch, auch wenn persönliche Freiheit natürlich Verunsicherungen mit sich bringe, die Auflösung alter Ordnungen, sodass sich der Mensch oftmals überfordert fühle. Dies sei aber kein Grund zur gewalttätigen Rückkehr in die Unterwerfung.

Ruhig hört Hamed S. dem Chefredakteur zu. Dann, als dieser aufhört zu sprechen, schaut er auf seine Liste mit den Namen der Geiseln.

Er ruft zwei Namen auf: erstens den Namen der anwesenden christlich-demokratischen Bundespolitikerin A., zweitens den Namen der Filmschauspielerin B., eine deutsch-amerikanische Doppelbürgerin, die regelmäßig in den USA dreht und schon zweimal für den Oscar nominiert worden ist.

Wie schön und elegant die Filmschauspielerin B. ist und sich in der glitzernden Schwerelosigkeit ihres Kleides bewegt, fällt mir erst jetzt auf, während sie von einem Terrorbruder nach vorne begleitet wird, gefolgt von der im Vergleich dazu plumpen, schwerfälligen Bundespolitikerin.

Als die beiden Geiseln neben dem Chefredakteur stehen, blicken sie starr geradeaus, wahrscheinlich um nicht in das Gesicht oder in die Augen von Hamed S. blicken zu müssen oder auf seine Kalaschnikow oder auf das im Gürtel steckende Schwert. Sie wollen aber auch nicht zu Boden blicken, auf das Blut des Ismail Nagibi.

Hamed S. schaut in die Kamera und erklärt den Zuschauern, dass es sich bei den jetzt neben ihm stehenden Personen nicht einfach um einen Mann und zwei Frauen handle, sondern vielmehr um drei Verkörperungen der westlichen Kultur: erstens bei der Bundespolitikerin A. um die Verkörperung der westlichen Politik, zweitens bei der Filmschauspielerin B. um die Verkörperung der westlichen Unterhaltungsindustrie und drittens, beim Chefredakteur Johannes D., um die Verkörperung des westlichen Journalismus.

Diese drei Bereiche, so Hamed S., seien hauptverantwortlich für die spirituelle Zerstörung des Menschen im Westen. Auch seien sie hauptverantwortlich für die Leugnung Gottes und, als dessen Ersatz, für die Anbetung von Erfolg, Konsum und Hurerei.

Dies seien die heutigen Götzen, erklärt Hamed S., Götzen, die der Westen «Freiheit» nenne, die jedoch nichts anderes bedeuteten als Abhängigkeit und moralische Degeneration: Abhängigkeit vom Kapital und Degeneration durch innere Begierden, welche die Medien und die Filme und die Politiker immer wieder auf das Perverseste in den Menschen entzündeten. Abhängigkeit von Geltung und Besitz, um die Begierden zu stillen und immer tiefer der eigenen Umnachtung zu verfallen. Auch wenn man in Europa und den USA immer sage, man müsse sich gegen den freiheitsfeindlichen Islam und die arabische Welt zur Wehr setzen, sei es in Wahrheit so, dass der Islam und die arabische Welt sich gegen Europa und die USA zur Wehr setzen müssten, weil diese immer wieder versuchten, ihre kapitalistischen Seelengeschwüre in die ganze Welt zu exportieren: über Märkte, ferngelenkte Regierungswechsel, Revolutionen und Konterrevolutionen, über UNO-Beschlüsse und Luftschläge. Deswegen führe der Islam in Wahrheit keinen Angriffs-, sondern einen Verteidigungskrieg.

Und damit befiehlt Hamed S. die Tötung des Chefredakteurs,

der Filmschauspielerin und der Bundespolitikerin. Man fragt die Opfer nicht einmal, ob Kugel oder Schwert, sondern erschießt sie von hinten in den Kopf: zuerst den Chefredakteur, dann die Frauen.

Es ist eigenartig, dass die Filmschauspielerin in die Knie geht, bevor jemand auf sie schießt, noch während man auf die Bundespolitikerin ansetzt. Und als die Politikerin am Kopf getroffen wird, fällt sie hin und macht mit den Armen Ruderbewegungen, als wolle sie am Boden entlang durch das Blut davonschwimmen, durch das Blut des Chefredakteurs, das Blut von Ismail Nagibi und durch das eigene Blut.

Als die Filmschauspielerin zu kreischen beginnt, wird sie durch mehrere Kugeln zum Schweigen gebracht, von links und rechts, in die Schulter und in den Hals, wobei die Schauspielerin bei jedem Treffer dramatisch hochzuckt.

Das ist der Moment, an dem ich es nicht mehr ertrage. Ich springe hoch und renne nach vorne. Ja, ich will nach vorne gehen zu Hamed S. und dem Team des Ersten Deutschen Fernsehens, das immer noch alles filmt.

Es ist mir unverständlich, wie die TV-Leute vor den kreuz und quer im Blut liegenden Körpern weiterproduzieren können, genau wie die Terroristen, denke ich. Auf der einen Seite das konzentrierte, durch keine Störung der Realität und durch keine Herzensregung unterbrochene Weiterproduzieren für das Erste Deutsche Fernsehen, auf der anderen Seite das konzentrierte, durch keine Störung der Realität und durch keine Herzensregung unterbrochene Weitertöten für Allah.

Gern möchte ich Hamed S. genau das ins Gesicht sagen. Ich möchte auch den Geiseln und den Zuschauern draußen vor den Bildschirmen zurufen, dass das alles unmöglich ist und dass jeder Einzelne von uns für diesen deprimierenden Zustand *mitverant-*

wortlich ist. Dass dieser deprimierende Zustand aufhören muss, endlich zu einem Ende kommen muss, meinetwegen zu einem schlechten Ende, Hauptsache Schluss.

Aber dann frage ich mich, was in mich gefahren ist, weil ich mich nicht daran erinnern kann, während der Geiselnahme in Berlin jemals auf diese hilflose Weise die Initiative ergriffen zu haben und solche Dinge gesagt oder getan zu haben, um die Situation zu beeinflussen oder auch nur der Annahme zu folgen, es sei mir *möglich*, die Situation zu beeinflussen.

4

Ich denke an meinen Freund Lichtenberger, den Regisseur, den ich für Momente vollkommen vergessen habe, Lichtenberger, der das alles angeblich inszeniert hat – war es nicht so?

Befinden wir uns auf einer *Theaterbühne?* Habe ich die ganze Zeit über nur Schauspieler gesehen: Hamed S., die Terrorbrüder, das Team des Ersten Deutschen Fernsehens und die Geiseln, alles nur Schauspieler?

Doch wo steckt Lichtenberger? Er soll herkommen, ich habe genug. Ich möchte raus. Ich möchte an die frische Luft.

Tatsächlich bewege ich mich in Richtung Ausgang. Tatsächlich gehe ich quer durch den Saal und schaffe es, den Saal zu verlassen. Niemand versucht mich aufzuhalten. Es scheint keinen Menschen zu kümmern, weder die Terroristen noch die Geiseln noch die Leute vom Fernsehen.

Draußen befindet sich ein Korridor, in dem Lichtenberger, als hätte er auf diesen Moment gewartet, auf mich zukommt: strahlend, glücklich.

Ich sage ihm, dass ich das alles nicht mehr aushalte und genug habe, genug vom Köpfen, genug von den Erschießungen.

Großartig!, ruft Lichtenberger. Was wir gesehen haben, ist maximales Drama, sagt er. Das liegt nicht nur an der Regie oder an den Darstellern, sondern an deiner Romanvorlage

«Auslöschung». Dieser Roman hat eine enorme Wucht, mein Freund!

Ich schüttle den Kopf, weil ich immer wieder an das Blut und das Kreischen der Opfer denken muss. Weil ich mich frage, warum das Grauen nicht einfach aus meinem Kopf verschwindet. Oder bin ich für immer gefangen in diesem Kopf, gefangen in dieser fürchterlichen Berliner Stimmung?

Lichtenberger besteht darauf, dass ich stolz sein soll auf den Roman. Ein Roman, der den Terror des Lebens und der Menschen zeige, zugleich das Wunder der Liebe. Die letzte Reise eines Sterbenden, der sich weigere zu akzeptieren, dass er Abschied nehmen müsse, weil er ausgelöscht werde. Der sich lange dagegen sträube und schließlich doch einsehe, dass er loslassen müsse. Es sei aber natürlich mehr, sagt Lichtenberger: ein komplexer Stoff, der nicht nur vom Akzeptieren des Todes handle, sondern auch vom Sterben politischer Illusionen.

Unmöglich, denke ich, solche Gedanken habe ich nie geschrieben. Und was soll das heißen, Wunder der Liebe? Wo war hier Liebe zu sehen? Ich habe nur das Köpfen und Erschießen gesehen.

Nein, widerspricht Lichtenberger, von Anfang an habe es auch die Anwesenheit der Liebe im Haus der Kulturen gegeben, in Gestalt von Veronika. Mitten auf der Bühne, unter den Gästen. Das sei absolut zentral für die Story, genauer gesagt: für die letzte innere Reise. Ein formal gewagter, nicht einfach zu inszenierender Roman, sagt Lichtenberger, denn wir müssen das Publikum während der ganzen Zeit in den Kopf eines Sterbenden versetzen, und zwar eines Sterbenden, der sich dessen *nicht bewusst* ist. Eines Sterbenden, der immer wieder einen Ausweg sucht, den es nicht gibt.

Aufhören, denke ich, Lichtenberger soll nicht mehr von Veronika sprechen, ich möchte kein Wort mehr von ihr hören und kein Wort mehr von diesem Theater und diesem angeblichen Roman.

Ich lasse Lichtenberger stehen. Ich muss hier raus, unter den freien Himmel.

Ich probiere eine Tür aus, die abgeschlossen ist, dann noch eine Tür und noch eine. Erst die vierte Tür lässt sich öffnen. Sie führt aber nicht unter den freien Himmel, sondern in eine Wohnung, die genauso aussieht und genauso riecht und sich genauso anfühlt wie die Wohnung, in der ich damals mit Veronika gelebt habe.

Ich gehe in die Küche dieser Wohnung. Ich gehe ins Wohnzimmer und dann ins Schlafzimmer, an dem der Zahn der Zeit, wie es scheint, nicht genagt hat und in dem das Gewicht unserer Geschichte nichts kaputtmachen konnte, nicht ein einziges Blatt Papier auf dem Schreibtisch neben dem Kleiderschrank.

Ich erinnere mich an die Tage mit Veronika, die in mich hineingefallen sind wie das Sonnenlicht durch die offenen Fenster. Heute noch, denke ich, werde ich davon gewärmt, und kann es nicht verstehen, warum sie sich vor den Zug geworfen hat, unter die Räder der Schweizerischen Bundesbahnen, ohne mich zu fragen, ob ich mitkommen will.

Ich verlasse die Wohnung und gehe nach draußen. Ich gehe ins Kindheits- und Jugendviertel, in dem wir aufgewachsen sind. Ich sehe uns mit Lichtenberger und den Nachbarskindern über die Straßen und durch die Parks rennen. Ich sehe uns in die Schule gehen und in die Stadt – und am Wochenende baden wir im See.

Eines Tages, Veronika muss etwa vierzehn Jahre alt sein, bleibt sie in der Nähe des verlassenen Güterbahnhofs stehen. Sie führt mich auf das Areal und will, anders als sonst, allein mit mir sein, in einem Holzschuppen neben den rostigen Gleisen. Ich soll die Augen schließen. Dann kann ich hören, wie sie atmet, und spüre ihre Hände und das warme Rosenblatt ihrer Lippen. Immer wieder finden wir Verstecke, wenn Veronika Lust dazu hat.

Wir schaffen es alle drei ins Gymnasium und an die Universität: Lichtenberger in Richtung Theater, Veronika in Richtung Internationale Beziehungen, ich in Richtung Journalismus und Literatur. Noch während des Studiums heirate ich Veronika, und wir beziehen etwas außerhalb von Zürich unsere erste Wohnung. Oft trinken und rauchen wir uns durch die Nacht und durch unsere Lieblingsbücher und Lieblingslieder, bis uns die Erschöpfung in die getrennten Zimmer des Schlafs schickt.

Nach dem Studium stellt mich eine angesehene Zeitung als Redakteur ein, während Veronika damit beginnt, für eine Agentur als Public-Affairs-Spezialistin zu arbeiten, was ich zuerst einfach nur wunderbar finde, ohne zu ahnen, was das bedeutet.

Schon bald erlebe ich eine andere Veronika, die mir bisher vollkommen unbekannt gewesen ist: Eine Veronika, die immer weniger schläft und immer weniger Zeit hat. Eine Veronika, die damit beginnt, Pillen für den Tag zu nehmen und Pillen für die Nacht.

Schon vor dem Studium hat Veronika gelernt, wie wichtig es ist, etwas zu erreichen; im Grunde erst in diesem Erreichten die Grundlage für ein glückliches Familienleben zu sehen. Zuerst von ihren Eltern und dann von ihren Vorgesetzten und dann von ihrem beruflichen Umfeld wird Veronika angetrieben, ihre Karriere als emanzipierter Mensch voll und ganz zu verwirklichen, und zwar so, als würden Menschen, die ihre Karriere voll und ganz verwirklichen, dabei *sich selbst* voll und ganz verwirklichen. So hat es vor allem Veronikas Mutter zu Hause gepredigt.

Ich erinnere mich an den Vorgarten des Hauses, in dem Veronikas Eltern gelebt haben. Der Garten, in dem die Mutter bei Sonnenschein Bücher gelesen oder einen ihrer kerngesunden, bei Vollmond ausgependelten Fruchtsäfte getrunken hat. Ich sehe den Garten jetzt vor mir, er ist leer. Über dem Garten sehe ich die Fenster des Hauses, die ich nie gemocht habe, weil ich wusste, dass dahinter Veronikas Mutter wartet: Sie, die ihre Tochter und auch den Sohn, Lichtenberger, bis zum Äußersten getrieben hat.

Immer hat sie von ihrer Zeit als Hippiefrau erzählt, von sexueller Freiheit und anderen Freiheiten, ohne je einen Grund dafür zu nennen, warum man sich von Menschen, die man liebt, befreien oder freihalten muss.

Du bist in der Liebe und gibst dich hin und lässt dich fallen, habe ich damals gedacht und denke ich noch heute: Oder du liebst nicht und gibst dich nicht hin und lässt dich nicht fallen, sondern bleibst bei dir und verödest und stirbst, lange bevor sie dich ins Grab werfen.

Genau das sage ich jetzt zu Veronikas Mutter, als ich sie am Fenster ihres Hauses sehe. Bewegungslos steht sie da, als ich ihr zurufe, dass sie *Schuld* auf sich geladen hat, dass Veronikas Unglück mit ihren Ideen zusammenhängt und dass sie, die Mutter, Veronika unter den Zug getrieben hat.

Aber Veronikas Mutter scheint mich nicht zu hören und gar nicht zu bemerken.

Also renne ich durch den Garten zur Haustür und reiße die Tür auf und suche die Wohnstube, um der Mutter endlich die Wahrheit, die ganze elende Wahrheit ins Gesicht zu schreien. Um die Mutter endlich an den Armen zu packen und sie zu schütteln, so lange und so gründlich, bis sie endlich kapiert.

5

In der Wohnstube steht die Mutter, wo ich sie an den Armen packe und schüttle, um sie spüren zu lassen, was sie angerichtet hat. Um sie spüren zu lassen, was ihre ganze Hippie-Generation angerichtet hat mit ihrem als Rebellion getarnten Egoismus.

Aber Veronikas Mutter ist für diese Vorwürfe überhaupt nicht erreichbar und überhaupt nicht offen. Zuerst starrt sie mich nur an, als würde sie nicht verstehen. Dann beginnt sie zu weinen.

Sie bricht in Tränen aus und will wissen, ob ich ihre Tochter gesehen habe. Stimmt es, fragt sie, dass Veronika nicht mehr da ist, dass sie nie mehr kommt, weil sie tot ist, stimmt das?

Ich will ihr eine Antwort geben, tue es jedoch nicht, weil ich das Gefühl habe, dass Veronikas Mutter gar nicht zuhört und auch gar nicht zuhören kann. Weil ich das Gefühl habe, dass sie schon lange allein in diesem Haus lebt und von ihrer Hoffnung – wenn es Hoffnung ist – in eine große Unruhe und Einsamkeit getrieben worden ist. Unruhe und Einsamkeit auf der Suche nach der Tochter, die sie immer wieder in allen möglichen Zimmern und Ecken zu sehen glaubt, ohne dass die Tochter jemals wirklich da ist.

Auch jetzt sucht die Mutter weiter und macht sich davon ins nächste Zimmer, und ich versuche ihr zu folgen, weil ich für einige Augenblicke auch daran glaube, Veronika finden zu können.

Ich eile von Zimmer zu Zimmer und gelange dann nach draußen in den Garten. Und auch der Garten, denke ich, ist vollkommen verlassen, hat nichts mehr zu bedeuten.

Ich folge der Straße und spüre nach einer Weile die Sonne auf meinem Gesicht. Ich erinnere mich, wie gern Veronika im See in der Nähe geschwommen ist.

Wie schön war es, sie auf der Wiese am Ufer liegen zu sehen! Und wie schön war es, selbst dort zu liegen und mit ihr nach oben zu schauen, in die Wattenfarbe der im Himmel schwimmenden Wolken. Ich rieche den Sonnencreme-Duft ihrer Haut. Veronika und ich rauchen Joints und essen Kirschen und braten am Abend Fisch, trinken Veltliner und lassen das Gewitter der Lust über uns kommen.

Ich erinnere mich an die Redaktionsräume des Zeitungsverlages damals. Dieser Zeitung verdanke ich meinen ersten Job. Der Chefredakteur, ein hagerer Mann mit Glatze, setzt mich zuerst als Inlandredakteur ein. Wenige Monate später, nachdem sich der Wirtschaftsredakteur aus dem Fenster im vierten Stock gestürzt hat – angesichts einer verunglückten Liebe –, muss ich einen Teil seiner Arbeit übernehmen. Ich schreibe über Brüssel und Paris, über Berlin, Washington und Hollywood.

Als der unglücklich-romantische Kollege nach komplizierten Brüchen zurückkehrt, gerät fast gleichzeitig der stellvertretende Leiter des Kulturressorts ins Stolpern. Jedes Jahr muss er das immer gleiche Bachkonzert der immer gleichen, mit dem Verlagsbesitzer befreundeten protestantischen Zürcher Gesellschaft besuchen, um jedes Jahr die immer gleiche Begeisterung als Rezension zu verfassen. Diesmal hat der Kollege jedoch keine Lust aufs Konzert. Er bleibt zu Hause und veröffentlicht am Folgetag eine vorgefertigte Rezension. Aber leider wurde das Konzert kurzfristig abgesagt, hat also gar nicht stattgefunden. Eine Peinlichkeit, welche auch die Teppichetage nicht ignorieren kann. Man legt dem Kollegen nahe, sich aufgrund seiner Englischkenntnisse für eine Weile als Auslandskorrespondent zu betätigen.

So komme ich in die Lage, mich nicht nur um Berichte über Literatur und Theater zu kümmern, sondern auch um theologische Themen. Weder bei der Hintergrundredaktion noch beim Inlandteil ist man besonders scharf darauf, über Religion zu schreiben, aber ich habe nichts dagegen. Nur schon deshalb, weil gerade der Islam mit Terror in Europa an Aktualität gewinnt und mich auf eine Recherche über IS-Kämpfer bringt, die ursprünglich in der Stadt Winterthur aufgewachsen sind – einige Jahre vor dem Terror der Hamas.

Ich publiziere zu den IS-Kämpfern aus Winterthur einen Leitartikel und lande in einer Talkshow des Schweizer Fernsehens über junge Männer, deren Eltern nicht verhindern konnten, dass sich ihr Nachwuchs radikalisiert.

Ohne Erfahrung mit Talkshows und blind für die Abgründe unter der schmalen Brücke der politischen Korrektheit, widerspreche ich den in der Sendung anwesenden Experten und Sozialtherapeuten, die in jungen Extremisten im Wesentlichen *Verlierer* sehen, die bessere Perspektiven benötigen. Die Extremisten aus Winterthur, über die ich für meinen Artikel recherchiert habe, waren keine Verlierer. Sie hatten keine schlechten Perspektiven, sondern waren gut ausgebildet und haben der Schweiz trotzdem den Rücken gekehrt, um sich dem Islamischen Staat anzuschließen. Einige von ihnen wollen sogar gegen die Schweiz und den Westen losschlagen, sobald Allah den Einsatzbefehl gibt. Deswegen glaube ich nicht an Integration als Heilmittel, auch weil ich unseren Lebensstil nicht für etwas halte, das junge Männer toll finden, sobald man sie mit hübschen Handys, Designerkleidern und Autos ausstattet.

Nach diesem Talkshow-Auftritt werde ich öffentlich als isla-mophober Scharfmacher gebrandmarkt, wobei sich auch in der Redaktion niemand findet, der mir aus der Patsche helfen will.

Trotzdem verfolge ich das Thema Islam weiter und führe mit einem Historiker aus Damaskus ein Interview, einem Mann na-mens Yusuf Ben Hassan, der zum Beispiel Folgendes sagt: Den-ken Sie daran, die meisten Moslems leiden selber unter Gewalt und wünschen sich Reformen und Frieden. Nur hat leider keiner dieser Menschen die nötige religiöse Autorität, um etwas zu än-dern. Das hat theologisch gesehen allein Mohammed, verstehen Sie? In den Hadithen und den Unterweisungen des Propheten wird festgelegt, wie der Koran zu verstehen und umzusetzen ist. Niemand wird daran öffentlich rütteln, es sei denn, er ist ver-rückt. Deshalb sind alle Islamdebatten in den westlichen Medien byzantinisches Geschwätz, verstehen Sie?

Nein, ich verstehe nicht.

Yusuf Ben Hassan ist geduldig und erklärt mir, was die Rede vom byzantinischen Geschwätz bedeutet. Dazu solle ich mir, wie er meint, die Eroberungsschlachten um das Jahr 1453 vor-stellen. Ich solle mir das Geschrei der Versklavten vorstellen, das Geschrei der Vergewaltigten, Geköpften, Gesteinigten und den Geruch des «blutgetränkten Staubs der Invasion». Zu jener Zeit, erklärt Ben Hassan, wird Konstantinopel von der islamisch-osma-nischen Armee belagert. Die Stadt soll sich unterwerfen, oder, so die Drohung, die Schwerter des Sultans sprächen noch erbar-mungsloser: Es gäbe weitere Massaker und Schändungen zur Ehre Allahs. In dieser dramatischen Lage stecken nun die klügs-ten Byzantiner und die klügsten christlichen Mönche ihre Köpfe zusammen, um Debatten darüber zu führen, wie die Angreifer zu besänftigen und die Unterwerfung abzuwenden sei, ja wie man es schaffen könne, eine theologisch-politische Grundlage für die friedliche Koexistenz zwischen Islam und Christenheit zu finden? Zeitgleich zu diesen Debatten erobert der Sultan, Mehmed II., Konstantinopel, ohne sich von den Gelehrten auch nur eine Minute stören zu lassen. Seit diesem Ereignis im Jahr 1453 würden viele Historiker Islamdebatten als byzantinisches Geschwätz bezeichnen.

Während wir im Westen bis heute debattieren, sagt Ben Hassan, plant der Islam weiter unsere Eroberung und Unterwerfung, und zwar so lange, bis die Weltherrschaft errichtet ist.

Obwohl ich einige Passagen aus diesem Gespräch mit dem Historiker entschärfe, damit Yusuf Ben Hassan nicht als Islamhasser dasteht, und obwohl ich eine bekannte muslimische Reformtheologin dazu bringe, für unser Feuilleton einen Gastkommentar zu schreiben, mit der These, dass ein moderner Islam trotz allem möglich sei und eine Mehrheit der Muslime auch einen solchen modernen Islam der friedlichen Koexistenz wünsche, frei von der Herrschaft der Salafisten oder Wahhabiten – trotz dieser Differenzierungen prasselt die Kritik tagelang auf mich und unsere Zeitung nieder.

Man wirft meinem Chefredakteur eine islamfeindliche Hetzkampagne vor. Entrüstete, um die eigenen Privilegien bangenden Vertreter christlicher Religionen und schäumende Islamvereine ergreifen das Wort, zusammen mit integrationsgläubigen Politikern und volkstherapeutischen Toleranzaposteln. Man bezeichnet mich abwechselnd als islamophob, als Vertreter der neuen intellektuellen Reaktionären und der neuen christlichen Nationalisten.

In dieser Tatsache wiederum sieht mein Freund Lichtenberger, Veronikas Bruder, ein gutes Zeichen. Denn für ihn müssen vom linken bis zum rechten Spektrum der Gesellschaft immer etwa gleich viele Menschen die Fassung verlieren und schäumen, erst dann geht unsere Arbeit als Intellektuelle gemäß Lichtenberger «in die richtige Richtung».

Inzwischen ist Lichtenberger Regieassistent am Schauspielhaus Zürich. Er gilt als sogenanntes junges Talent und ist davon überzeugt, dass man als Theatermensch erst dann wirklich gute Arbeit leistet, wenn das Publikum nach dem Schlussvorhang nicht einfach klatschen und unbehelligt nach Hause gehen kann, sondern vielmehr vor den Kopf gestoßen ist, um den unterversorgten Denkapparat der bürgerlichen Standardgehirne wieder in Bewegung zu setzen. Für Lichtenberger ist dieses Ziel so selbstverständlich, dass er sich nicht daran stört, wenn nach einer Inszenierung Protestbriefe und Absetzungsforderungen ins Theaterhaus flattern.

Zum Glück hat Lichtenbergers dramaturgische Arbeit eine hohe Qualität, sodass man ihn am Schauspielhaus behält, weil man auch von seinem Fleiß profitiert. Ein Fleiß, den sich Lichtenberger im Elternhaus angeeignet hat, genauer gesagt von der Mutter, die von ihren Kindern immer nur das Höchste erwartet hat, auch von Veronika.

Im Vergleich dazu sind meine Eltern nachlässig mit mir umgegangen: Selbst als ich es eines Tages geschafft habe, in einem kleinen regionalen Verlag Kurzgeschichten zu veröffentlichen, sind sie nicht zur Buchvernissage gekommen, sondern lieber im Büro herumgerannt, um ihre Karriere voranzutreiben.

6

Immer wieder habe ich später gedacht, dass meine Eltern das Gegenteil von Veronikas Eltern gewesen sind, jedenfalls das Gegenteil von Veronikas Mutter, die immer alles dafür investiert hat, die Kinder mit einer kompromisslosen Siegermentalität auszustatten.

Auf der anderen Seite war das Verhalten meiner Eltern natürlich zukunftsweisend, denn heute rennen, wie man überall sehen kann, Horden erfolgreicher Paare durch die Gegend, die nebenberuflich Kinder in die Welt setzen, weil Babys so süß sind und die Frauen schließlich eine Gebärmutter haben. Doch für die Erziehung und die notwendige Zeit der Zuwendung und die gemeinsame Alltagsgestaltung als Alltagsbewältigung haben diese Nebenberufseltern dann keine Zeit und engagieren Nannys und alle möglichen Ersatzpersonen.

Über dieses Phänomen schreibe ich mehrere Artikel und plane dazu einen Roman, und natürlich benutze ich für die fiktiven Figuren Lichtenberger und Veronika. Ich benutze Veronikas Eltern und meine Eltern, ohne das Romanmanuskript jemandem zu zeigen, zumindest vorläufig.

In dieser Zeit muss ich mitansehen, wie Veronika sich für ihre berufliche Karriere übergeht. Sie wird rücksichtsloser gegenüber der Notwendigkeit von Pausen, von Ruhe und Erholung; sie arbeitet über Wochen ohne einen freien Tag. Das geht Hand in

Hand mit Pillen für die Nacht, um einschlafen zu können, und Pillen am Morgen, um wieder in die Gänge zu kommen. Es ist, als müsste sie sich optimieren und immer mehr optimieren.

Dass ich das krank finde, versteht Veronika nicht als Ausdruck von Sorge, sondern als Angriff auf ihre Autonomie und ihr Recht auf Karriere, auch wenn sie mir vielleicht glauben mag, dass ich nichts anderes will als ihr Glück, auch wenn sie bisher mit mir einig gewesen ist, dass die Ehe unser gemeinsames Gravitationszentrum bildet und dass alles andere daraus seine Kraft bezieht. Trotzdem scheint sie nun davon auszugehen, dass sie selbst das Zentrum bilden muss, dass sie sich selbst tragen und entwickeln muss, um eines Tages zufrieden zu sein, bereit für Kinder.

Überhaupt die Kinderfrage: Von Anfang an bin ich dafür offen gewesen und habe respektiert, dass Veronika zuerst etwas erreichen wollte. Ich habe mich auf die Zeitungsredaktion und die Literatur konzentriert und dabei zugesehen, wie Veronika mit den Pillen angefangen hat. Wie sie immer mehr Geschäftsreisen gemacht hat, immer öfter ins Ausland.

Schließlich kommt es zu unserer Trennung, nach einer Affäre von Veronika, die auf einer Geschäftsreise stattgefunden hat. Ein Seitensprung, von dem ich aus heiterem Himmel erfahre, an einem Sonntag am Küchentisch.

Mit großen Augen, als wäre Veronika selber erstaunt, dass sie mir jetzt plötzlich alles beichten will, eröffnet sie mir, dass sie mit einem anderen Mann in einem Hotel im Ausland geschlafen habe. Veronika sagt mir, dass sie immer wieder an die Nacht mit diesem Mann denken müsse, weil sie sich vorgekommen sei wie jemand anders. Dass sie immer wieder an diese Nacht in jenem Hotel im Ausland denken müsse, an dieses Zimmer, in dem «eine andere Frau» sich habe entkleiden und hineinziehen lassen in eine seltsam gierige Stimmung. Eine andere Frau, die irgendwo auf dem Grund ihrer Gedanken gewusst habe, dass sie verheiratet sei, genau wie Veronika, und die gewusst habe, dass sie ihre Ehe ernst nehme und ihren Mann liebe. Die aber dennoch wie eine andere Frau gehandelt habe und mit sich habe handeln lassen.

Nach dieser Beichte, die mich vollkommen unerwartet trifft, verlasse ich umgehend unsere Wohnung. Ich will nichts mehr davon hören und nichts mehr von Veronika sehen, sondern gehe nach draußen auf die Straße, gehe immer schneller und immer weiter weg, ins Stadtzentrum.

In der Zürcher Altstadt suche ich eine rettende Tür, durch die ich dem Schwindel entkommen kann. Die Tür eines Hauses, in dem ein Freund wohnt, der aber nicht da ist und den ich ohnehin nicht sehen mag, weil ich gar nicht wüsste, was es zu besprechen gäbe und ob ich überhaupt reden kann. Lieber die rettende Tür einer Bar, in der Alkoholiker verkehren, Flaschen und Selbstbetrüger wie ich. Flaschen und Selbstbetrüger, die mich in Ruhe trinken und darüber nachdenken lassen, warum es besser ist, auch keinen Kontakt zu Lichtenberger aufzunehmen.

In den folgenden Wochen gehe ich nicht mehr in unsere Wohnung, sondern übernachte bei einem Redaktions-Kollegen. Das erste Mal in meinem Leben ist mir der Gedanke an Veronikas Gegenwart geradezu unerträglich, nur schon die *Vorstellung,* dass wir uns irgendwann vielleicht zufällig in der Stadt treffen.

Ich fühle nichts, als sich Lichtenberger meldet und mir berichtet, dass Veronika einen Zusammenbruch erlitten habe und von der Mutter gepflegt werde. Lichtenberger berichtet, Veronika liege jetzt den ganzen Tag im Bett oder sitze stumm auf dem Sofa, ohne auf die Fragen der Mutter oder des Vaters zu reagieren. Der Arbeitgeber habe Veronika freigestellt, dann habe die Mutter einen Psychiater organisiert. Auch auf den Psychiater sei Veronika bisher mit keinem Wort eingegangen, was nicht überraschend sei, denn nur ich, ihr Ehemann, könne jetzt helfen, meint Lichtenberger.

Das Wort «Ehemann» lässt mich einen Moment aufhorchen, aber nicht viel mehr. Lichtenbergers Stimme klingt besorgt. Ich kann mich nicht erinnern, wann sich seine Stimme schon jemals so angehört hat. Aber es ist, als wäre ich davon abgeschnitten. Als wäre ich überhaupt von allem abgeschnitten.

Ich verbringe viel Zeit im Verlag und übernehme neben dem Feuilleton Aufträge für die Hintergrundredaktion, unter anderem den Auftrag für ein Interview mit einem bekannten katholischen Bischof, der durch seine Aussagen gegen die Homo-Ehe und gegen Kondome aufgefallen ist.

7

Ich treffe den Bischof in seiner Residenz neben der spätbarocken Kathedrale, einer touristischen Sehenswürdigkeit unserer Stadt.

Ich bin überrascht, wie der Hirte auf den Vorwurf der veralteten Sexualmoral reagiert, genauer gesagt auf die Kritik, die Lehre der Kirche passe nicht mehr in eine Zeit des Liberalismus und der sexuellen Vielfalt.

Ein dummes Argument, erwidert der Bischof. Die Moral diene entweder dem Leben oder nicht, nur dieses Kriterium zähle, egal wie alt oder wie neu eine Moral sei. Was nun heutzutage als Sexualität und Vielfalt verkauft werde, sei im Grunde nichts weiter als «kollektive Onanie». Sex für alle, das sei keine moderne Moral der Freiheit, sondern eine beziehungsfeindliche Lüge. Es sei der Tod der Liebesfähigkeit, so der Bischof, wenn Menschen sich wie Befriedigungsmaschinen behandelten. Das führe in die Einsamkeit, und dort existiere keine Selbstvergessenheit, kein Sex als «männlich-weiblicher Urknall».

Um Himmels willen, denke ich, und versuche den Bischof mit Zwischenfragen zu bremsen und die Gesprächskontrolle zu behalten.

Ich verlasse das Thema Sex und frage nach dem Ehesakrament, das gemäß der katholischen Kirche «unauflöslich» ist. Der Bischof solle mir doch bitte erklären, wie denn eine Ehe fortbestehen könne, wenn zwei Menschen sich nicht mehr liebten, ja, wenn sie nicht einmal mehr Gefühle des Vertrauens füreinander empfänden?

Der Bischof erwidert, das sei nicht entscheidend, denn die Liebe sei gar kein Gefühl, das verloren gehen könne. Nein, die Liebe löse nur Gefühle aus, und zwar ganz verschiedene. Die Liebe sei wie ein in den Himmel geschriebenes Versprechen, an dem der Mensch, anders als das Tier, bewusst festhalten könne: Das gehöre zur Größe des Menschen. Der Mensch könne Teil eines göttlichen Bandes werden, einer Beziehung, die alle Gefühlslagen übersteige, alle Egoismen und alle Engherzigkeit.

Nicht zu fassen, denke ich, was diese Theologen auf Lager haben!

Nach dem Besuch beim Bischof frage ich mich, wie man heutzutage eigentlich noch angemessen über die Liebe sprechen kann? Wie soll man heute angemessen über Liebe und Beziehungen sprechen, ohne sich ins Theologische hochzuschaukeln? Oder ohne ins Evolutionspsychologische oder gar ins Zynische abzugleiten? Und was soll das heißen, wenn der Bischof sagt, es gehe bei der Liebe nicht um das, was wir empfinden, weil die Liebe über den Gefühlen stehe?

Ich erinnere mich an viele mitunter schreckliche Zustände und Wetterumschwünge, die ich während meiner Beziehung zu Veronika durchgemacht habe, und die natürlich auch Veronika durchgemacht hat. Ich frage mich, wie Veronika jetzt mit diesen Erinnerungen umgeht, falls sie damit umgeht. Ich frage mich, was Veronika gegen dieses schreckliche Gefühl tun kann, dass wir *versagt* haben, und dass alle Liebenden wahrscheinlich immer versagen, auch wenn die meisten das schön für sich behalten. Ich frage mich, was Veronika jetzt gerade tut und denkt?

Immer wieder stelle ich mir diese Frage, bis ich es nicht mehr

48

aushalte und mir sage, dass ich *wissen* muss, wie es ihr geht, dass ich sie sehen muss und dass dies keinen Aufschub duldet.

Ich gehe zu unserer Ehewohnung, und ich erinnere mich erst dort, dass Veronika ja wieder bei ihrer Mutter wohnt, wie ich von Lichtenberger weiß. Ich suche Veronikas Elternhaus in unserem ehemaligen Jugendviertel auf.

Ohne ein Wort zu sagen, es reicht nicht einmal für eine knappe Begrüßung, öffnet die Mutter die Haustür und lässt mich eintreten.

Ich durchschreite den Korridor zum Wohnzimmer und sehe Veronika auf dem Sofa sitzen. Ich erschrecke über die dünnen blassen Arme und das dünne blasse Gesicht. Und über die Augen, die still auf mich gerichtet bleiben, als müsse Veronika überlegen, wer ich bin.

Ich setze mich neben sie und nehme ihre Hand und halte sie und kann ihre Kraftlosigkeit nicht fassen. Und ich sage mir, wie grausam es von mir gewesen ist, erst jetzt zu kommen, obwohl ich doch wusste, dass Veronika von der Mutter gepflegt wird, in *diesem Haus,* mit der in allen Zimmern spürbaren Stimmung der Maximalverwirklichung, wehrlos ausgesetzt!

Ich sitze da und begreife, dass ich meine Frau im Stich gelassen habe. Ich sitze da, während sie mich mustert, ohne etwas zu sagen. Immer länger warte ich in ihr Schweigen hinein. Ich möchte Veronika umarmen, getraue mich aber nicht und denke, dass auch die Schultern und alles an ihr vollkommen zerbrechlich geworden sind und sie kaputtgehen wird, wenn ich eine falsche Bewegung mache.

Ich warte und höre in der Ferne ein Geräusch. Wie das Donnern eines Gewitters irgendwo im Osten oder im Westen. Aber vielleicht kommt gar kein Gewitter auf uns zu, denke ich. Weil das Geräusch zu gleichmäßig klingt, ohne einen Moment des Unterbruchs, wie von einer Maschine.

Ein Zug, denke ich. Ein Zug, der sich nähert, mit dem Tonnengewicht der Schweizerischen Bundesbahnen, das durch die Stadt rollt, direkt auf unser Viertel zu, in Richtung Veronika. Veronika, die auf genau diesen Zug wartet und unter genau diesem Zug sterben möchte und vielleicht auch das Elternhaus von genau diesem Zug vernichtet sehen will.

Ich befehle Veronika aufzustehen und mit mir zu kommen. Sie reagiert nicht, also reiße ich sie hoch und dränge sie aus der Wohnstube, während die Zuggeräusche lauter werden.

Im Korridor stoße ich Veronikas Mutter zur Seite, die immer noch dort lauert und jetzt beginnt, auf uns einzureden, um uns aufzuhalten und uns ihre Vorstellungen und Ansichten aufzudrängen. Wie es immer wieder vorgekommen ist, dass wir von den Vorstellungen und Ansichten unserer Eltern aufgehalten und bedrängt worden sind. Dass wir in ihrem Haus immer wieder mit den Wänden und verschlossenen Türen dieser Vorstellungen und Ansichten konfrontiert worden sind und immer wieder versucht haben, dagegen anzurennen, um ins Freie zu gelangen, gegen diese Wände und Türen zu schlagen, um die für uns falschen und von Grund auf fremden Vorstellungen und Ansichten endlich zu durchbrechen und vorzustoßen ins Neue, Unverbaute.

Aber dieser Kampf ist jetzt überhaupt nicht mehr nötig, denke ich. Ich kann sehen, wie zuerst die zitternden Fensterscheiben und dann die Türen und dann die Wände Risse bekommen, als der Zug eintrifft und in das Elternhaus donnert. Sofort werden Veronikas Mutter und der Flur und die Wände und Türen und Möbel von der Wucht fortgerissen.

Veronika und ich schaffen es nach draußen auf die Straße und rennen weiter. Für einen Moment denke ich, dass wir es doch nicht schaffen und ebenfalls fortgerissen werden. Aber wenigstens beide, denke ich. Und ich denke dann, was für ein dummer Gedanke das ist.

Endlich wird es um uns herum ruhiger.

Ich kann sehen, wie sich der Zug entfernt, wie er am Horizont verschwindet. Veronika und ich gehen weiter, lassen das Viertel hinter uns, Hand in Hand. Wir steuern auf den See zu, auf unseren Lieblingsplatz am Ufer. Dort legen wir uns auf die Wiese, auch wenn die Angst immer noch da ist, dass der Zug plötzlich zurückkommt, dass wir aufpassen müssen.

Veronika atmet neben mir auf der Wiese, weich und schön wie eine Einladung, endlich ein Baby zu machen. Sie legt sich auf mich und lässt die langen schwarzen Haare über mein Gesicht streichen. Sie zieht sich aus und rutscht auf mir nach oben, um alles von mir küssen zu lassen. Wie lange habe ich gefürchtet, sie nie mehr zu sehen und mit der Zeit zu vergessen, wie sie aussieht.

Ich glaube, wir besuchen am nächsten Tag eine neue Stadt. Ich weiß nicht, wie diese Stadt heißt, aber das spielt keine Rolle, denn ich gehe mit Veronika durch die Straßen. Wir erreichen ein Haus, das aussieht wie ein Hotel, und eine Wohnung, die aussieht wie eine Suite, eine schöne, kostspielige Suite. Veronika küsst mich, dann werfe ich sie aufs Bett. Es erfasst mich eine Gier, die zum Fürchten ist, weil ich überhaupt keine Angst habe, Veronika zu verletzen, sondern weil ich sie jagen und aussaugen will, auch wenn sie Widerstand leistet und sich wegdreht: brutal runterdrücken, herumdrehen und an den Haaren reißen, damit sie gehorcht, damit sie schreit und wimmert. Bis ich hinübersehe zum Spiegel an der Zimmerwand, der die Szene einfängt: die wimmernde Veronika unter dem Körper eines Mannes, der nicht die geringste Ähnlichkeit mit mir hat. Sondern der aussieht wie der Mann im Hotelzimmer, mit dem Veronika fremdgegangen ist.

Warum hast du das getan? Immer wieder kommt diese Frage,

obwohl ich sie nicht mehr stellen wollte und mir eingeredet habe, dass Veronika einfach nicht mehr wusste, was sie tat, und dass es sinnlos ist, weiter danach zu fragen. Aber eigentlich habe ich nicht wirklich geglaubt, dass Veronika nicht mehr *wusste*, was sie tat, sondern ich habe gedacht, dass sie unsere Liebe ganz einfach verraten hat.

Ich habe nie verstanden, wie man so einen Verrat und so eine Zerstörung des Vertrauens begehen kann, so wie ich nie verstanden habe, wie man der Berufswelt eine derartige Bedeutung beimessen kann.

Die Berufswelt interessiert sich am Ende nicht für das Menschliche. Nur wer ohne seelische oder geistige oder körperliche Störsignale funktioniert, bleibt Teil des Humanverwertungsapparates. Nur wer angepasst an diesen Apparat funktioniert, gehört dazu. Wer es nicht schafft, wird ausgeschieden. So, wie auch Veronika ausgeschieden worden ist: Sobald ihr Vorgesetzter realisiert hat, dass Veronika ausgebrannt ist, dass sie für die Firma beschädigte Ware geworden ist, hat man ihr nahegelegt, eine «längere Auszeit» zu nehmen.

Das empfindet Veronika natürlich nicht als Chance auf einen Neuanfang, so wie ich es sehe, sondern sie sieht darin eine «Schande». Verzweifelt bewirbt sie sich bei verschiedenen Unternehmen, um an anderer Stelle zurück in den Humanverwertungsapparat zu kommen. Doch sie wird nicht einmal mehr zu einem Bewerbungsgespräch eingeladen, denn die Vorgeschichte lässt sich nicht so einfach abschütteln, und die Konkurrenz ist groß.

Eines Tages verschwindet Veronika dann aus der Wohnung der Mutter und taucht tagelang nicht mehr auf. Weder die Mutter noch Lichtenberger noch die Ex-Kollegen aus dem Büro können sagen, wo sie ist, ob im Inland, im Ausland, bei einer bestimmten Person, oder ob sie ziellos in irgendeiner Stadt umherstreift, alles ist möglich. Zu diesem Zeitpunkt wissen wir noch nicht, dass Veronika angefangen hat, Stimmen zu hören. Stimmen, die sie am Tag und in der Nacht bedrängen und immer mehr bedrohen und verfolgen. Stimmen, die sie, wie es scheint, in einen immer größeren Schrecken treiben und dazu bringen, sich freiwillig in eine psychiatrische Klinik einliefern zu lassen, mit einer sogenannten Selbsteinweisung.

Ich bin fassungslos, als ich den Anruf des Oberarztes der psychiatrischen Klinik bekomme und in diese Klinik fahre, um für Veronika frische Kleider mitzubringen, wie vom Pflegepersonal gewünscht.

Ich erinnere mich an den Putzmittelgeruch in der Klinik. Ich erinnere mich an die Freundlichkeit, mit der ich informiert werde, was geschehen ist. Und dass man bei Veronika eine «Psychose» vermute, sodass zwecks Ruhigstellung eine entsprechende Medikamentierung nötig geworden sei.

8

Als man mir das Zimmer zeigt, in dem Veronika untergebracht ist, habe ich den Eindruck, dass dort eine lebensgroße Puppe auf mich wartet. Eine Puppe, die darauf programmiert ist, Veronika nachzuahmen. Eine Puppe, die minutenlang ihre Hände betrachtet und dann plötzlich, wie ferngesteuert, mit den Füßen auf den Boden stampft.

Veronika, sage ich und denke, dass sie mich *hört*, dass sie da ist und mich versteht. Und dann denke ich, dass sie überhaupt nicht da ist und nichts versteht. Nur einmal schaut sie mich an und will wissen, ob ich unter dem Hemd ein Mikrofon versteckt habe.

Ein Mikrofon? Unter dem Hemd? Eigenartig, wie sie lächelt und mir zunickt, als sei uns beiden stillschweigend klar, was das zu bedeuten habe. Als wüssten wir, was hier los ist. Als seien wir *eingeweiht* in ein großes Geheimnis, über das wir aber nicht laut sprechen dürften, nicht in diesem Zimmer, nicht in dieser Klinik, in der wir beobachtet werden. Ja, beobachtet von Leuten, die Veronika seit Tagen verfolgen und die sie «umbringen» wollen, wie sie mir zuflüstert – umbringen im Auftrag von Veronikas Ex-Chef, dem Leiter des Beratungsunternehmens, bei dem sie angestellt war.

Verstehe ich recht, eine Verschwörung? Sind das ihre Gedanken? Das Beratungsunternehmen, für das sie gearbeitet hat, betreibt seit Jahren «schmutzige Geschäfte»? Das Beratungsunternehmen, das Veronika regelmäßig ins Ausland geschickt hat?

Ja, flüstert Veronika, für dieses Unternehmen sollte sie neue Kunden gewinnen und für diese Kunden alles machen, was verlangt wurde. Manchmal musste Veronika im Hotel Männer verführen, um «an Informationen heranzukommen».

Hure, flüstert Veronika und betrachtet wieder ihre Hände. Jahrelang, sagt sie, habe man sie für die Interessen der Agentur missbraucht und wolle sie jetzt, da sie zu viel wisse, endgültig loswerden.

Ich habe keine Ahnung, wie ich reagieren soll, was ich sagen oder tun soll, keine Ahnung, was ich auf keinen Fall sagen oder tun soll, um ihren Wahn nicht noch zu vergrößern.

Das ist ein Dilemma, in dem auch Veronikas Mutter steckt, die nicht weniger fassungslos ist und ihre Anwälte in Bewegung setzt, um die Tochter so schnell wie möglich aus der Klinik herauszubekommen.

In der Schweiz kann ein Mensch höchstens 14 Tage gegen seinen Willen interniert werden, sofern ihm weder Selbstgefährdung noch Fremdgefährdung attestiert wird. Eine Gefahr, die in Veronikas Fall von zwei unabhängigen Gutachtern ausgeschlossen wird. Gutachtern, denen wir Glauben schenken, so wie wir auch den Spezialisten für Neurologie Glauben schenken, wenn sie uns versichern, dass Veronika weder selbstgefährdet noch fremdgefährdet ist, dass sie weder sich selbst noch einem anderen Menschen etwas antun wird. Das entspricht ganz unserer Hoffnung.

Eine Hoffnung, die mich zu der Überzeugung bringt, dass Veronika und ich jetzt einfach irgendwie versuchen müssen, unsere Ehe wieder aufzunehmen, so gut es möglich ist.

An diesem Plan will ich festhalten und daran glauben, obwohl mir auffällt, wie Veronika, zurück in unserer Wohnung, regelmäßig die Gardinen und Fensterläden prüft, die Schranktüren und den Badezimmerschrank. Ich gehe über diese Episoden hinweg.

Das ist ein Fehler. Ich schätze die Lage falsch ein, genau wie die Gutachter und Spezialisten aus Psychiatrie und Neurologie. Sie rechnen nicht damit, dass Veronika an Selbstauslöschung denkt, und vielleicht hat sie auch gar nie konkret daran gedacht, sondern eines Tages einfach gehandelt, wer kann das schon wissen?

Wer kann sagen, warum Veronika ausgerechnet an jenem Samstag Mitte April aus dem Haus gegangen ist, angeblich in den Supermarkt, um Einkäufe zu erledigen, ohne auch nur in die Nähe des Supermarktes zu kommen? Wer kann sagen, warum sie sich eine Stelle gesucht hat, an der es ihr möglich gewesen ist, die Gleise zu betreten?

Diese Stelle ist nicht weit entfernt von einem Wald und einem durch diesen Wald hindurchplätschernden Bach. Eine Stelle, die ich später aufgesucht habe, um den Anblick der Gleise und des Waldes und das Plätschern des Baches auf mich wirken zu lassen. In meiner Erinnerung sehe ich die Bäume und die Gleise, die den Schnellzug aus östlicher Richtung zum Bahnhof führen.

Ich stelle mir vor, wie Veronika an jenem Tag die Gleise betritt und wartet. Sie hat Angst vor dem Moment des Aufpralls, vor dem Schmerz, und zugleich Angst, dass sie feige sein wird, und dass alles einfach weitergeht. Die Angst vor dem Weiterleben mit den Dämonen steht gegen die Angst vor dem Sterben, steht mit ihr auf den Gleisen, Angst neben Angst. Zusammen mit den Dämonen, die sie seit Monaten, wie ich mir vorstelle, plagen und durch die Nächte jagen, und sie hat immer wieder um Hilfe geschrien, aber niemand hat ihr Leiden hören oder sehen können. Bis nur noch die Hoffnung geblieben ist, dass endlich der Zug kommt und alles beendet.

So hat Veronika gewartet, und der Zug ist gekommen und hat alles beendet. Und ich habe es bis heute nicht geschafft, in mir den Wunsch abzutöten, dass wir uns trotz allem wiedersehen – dass ich Veronika irgendwann und irgendwo erzählen kann, was ich nach ihrem Tod erlebt habe.

Vielleicht kann ich sie, wenn ich ihr alles erzähle, sogar wieder zum Lachen bringen, wenn sie hört, wie ich nach dem Begräbnis begonnen habe, in den wie taubgeschlagenen Wochen nach dem Abschied, in die Kirche zu gehen und zu *beten*. Ja, ich habe den Gottesdienst besucht und mir das Schuldbekenntnis angehört, immer wieder Kyrie und Gloria, Lesung, Fürbitten, Wandlung und Friedensgruß.

Manchmal saß ich am Abend allein in der Kirchenbank, um in das rote Auge des Ewigen Lichtes über dem Altar zu blicken, so lange und erschöpfend in dieses Ewige Licht über dem Altar, bis mir die Erinnerung an meine Ehe vorgekommen ist wie ein Traum, den jemand anders geträumt hat, aus einem Leben, das jemand anders gelebt hat.

Ich werde Veronika, wenn wir uns wiedersehen, von diesen Stunden in der Kirche erzählen. Und ich werde ihr erzählen, wie mir nach einer Sonntagsmesse in der Kathedrale der Bischof wiederbegegnet ist, den ich seinerzeit für die Zeitung interviewt hatte.

Der Bischof hat mich zum Kaffee eingeladen, vielleicht hat er von Veronikas Tod gewusst; vielleicht hatte ihm der Dompfarrer, der bekannt ist mit Veronikas Mutter, davon erzählt. Jedenfalls habe ich mit dem Bischof Kaffee getrunken, und er hat mir empfohlen, mit einem Seelsorger zu sprechen, gerne auch mit ihm selber, dem Bischof, wenn dies mein Wunsch sei.

Aber ich verspüre, jedenfalls zu diesem Zeitpunkt, keinerlei Bedürfnis nach «Seelsorge» und kann mir auch gar nicht vorstellen, was das bringen soll.

Bis es geschieht, dass ich eines Nachts betrunken am Fenster unserer Wohnstube stehe und die menschenleere Straße draußen beobachte. Ich stehe da und denke, dass ich am Fenster unserer Wohnstube stehe *ohne meine Frau*. Und dass ich folglich gar nicht am Fenster *unserer* Wohnung stehe und auch nie mehr stehen werde, weil nichts mehr davon existiert; nur noch das tote Holz, nur noch die Steine des Gebäudes um mich herum.

Diese Erkenntnis hat mich verfolgt, als wäre eine solche Erkenntnis total überraschend nach dem Tod des Ehepartners, ja, als wäre eine solche Erkenntnis schlimmer als der Tod selbst, schlimmer als das Begräbnis und die Erinnerung an die maskenhafte Blässe von Veronikas Verwandten in der Abdankungskapelle und draußen, unter dem Frühlingshimmel, am offenen Grab. Die Erinnerung an Veronikas Bürokollegen, die gekommen waren, um ihrer einstigen, nun urnengroß eingeäscherten Mitarbeiterin «die letzte Ehre» zu erweisen.

Zum Glück konnte ich mich in diesen Wochen in die Arbeit für die Zeitung stürzen. Denn in diesen Wochen hat sich in Paris ein islamistischer Terroranschlag ereignet, der mich als «Kenner der Szene» in die Medien gebracht hat. Aufgrund früherer Arbeiten zum Islam konnte ich für Onlineportale und Radiosender Einschätzungen liefern und für das Schweizer Fernsehen ins Studio gehen. Diese Einsätze haben mir geholfen, über die Opfer islamistischer Massaker nachzudenken statt über mein eigenes Leben.

Tagelang und bis spät am Abend habe ich Berichte verfasst, Kommentare und Einschätzungen abgegeben, gefolgt von der immer gleichen Nacht zu Hause, mit einem Schlaf, der sich trotz Erschöpfung nicht einstellen wollte. Ein Schlaf, der immer wieder von meiner Wunde boykottiert worden ist. Von der Wunde in der Seele, so tief und unerreichbar, dass ich es selbst kaum glauben und fassen konnte.

Es hat Monate gedauert, bis sich das geändert hat. Und während dieser Zeit blieben die Medien mit dem islamistischen Terror beschäftigt, denn inzwischen hatten die Islamisten auch in Wien, London und Brüssel zugeschlagen, später in Israel.

In einem kleinen Essay für das Feuilleton bin ich der Frage nachgegangen, wie eigentlich das Christentum zur Figur des Märtyrers steht und zum sogenannten Selbstmord-Attentäter. Mir war klar, dass Jesus keinerlei Gewalt befürwortet hat und dass der christliche Märtyrer in der Regel ein Mensch ist, der für den Glauben getötet wird und nicht umgekehrt jemand, der für den Glauben *tötet*. Wie aber, habe ich mich gefragt, steht die Kirche zum Christen, der sich sein eigenes Leben nimmt? Wie steht die Kirche zu Menschen wie Veronika?

Das wollte ich vom Bischof erfahren, also habe ich versucht, einen neuen Termin zu bekommen. Doch der Bischof war gerade außer Landes, deshalb wurde ich vom sogenannten Bischofsvikar empfangen.

Mit diesem Bischofsvikar, der etwa so alt war wie ich, wurde das Gespräch gleich sehr persönlich. Es hat mich überrascht, wie gut der Geistliche meinen Ekel vor der Welt verstanden hat, denn genau das war es, was mich inzwischen plagte: ein Ekel. Ein geradezu quälender Widerwille gegen die Welt und die Gesellschaft, zu der ich mich nicht mehr zugehörig fühlte.

Und eine Verachtung für die Menschen, die Veronikas Tod irgendwie bereits akzeptiert zu haben schienen: sei es die Mutter, sei es Lichtenberger, seien es andere Bekannte. Es war, wie ich es nannte, eine Verachtung für die *Schönfärber* des Lebens, für die geistlose Oberflächlichkeit der Gesellschaft, die als Lebenstüchtigkeit daherkommt. Und dazu gehörte auch, wie ich dem Bischofsvikar erklärte, meine Verachtung für die billigen Tröstungen der Kirche: Tröstungen ohne Respekt für die Realität des

Todes. Eine Realität, die überall auf der Welt Unzählige in den Gräbern verrotten lässt und immer neue Wunden in die Hinterbliebenen schlägt und jeden Tag, mit jedem neuen Opfer, weiterhin schlägt.

Der Bischofsvikar schien das nicht nur zu verstehen, sondern wie etwas vollkommen Natürliches anzunehmen. Zweifel und Abgründe, erklärte er, seien eine Folter für die Seele. Und doch sei der Mensch, der durch diese Zweifel und Abgründe gehe, unterwegs zu Gott.

Ich kann nicht leugnen, dass mich das zum Nachdenken gebracht hat, auch wenn ich es für Unsinn hielt. Außerhalb der Kinder- und Märchenwelt ist ein Gott, zu dem ich unterwegs sein soll, und der am Ende alles Schreckliche wieder ins Lot bringen kann, für mich immer unvorstellbar gewesen; und ein Mensch, der daran glaubt, mehr oder weniger albern.

Trotzdem schien es, als müsse der Bischofsvikar für die Grundlagen seines Glaubens den Schrecken der Welt und den Grausamkeitszustand der Menschheit in keiner Weise leugnen oder verharmlosen. Als wäre es völlig *klar*, dass der Mensch im Schrecken und in der Grausamkeit existiert, dass dies aber keine letzte Macht über das Leben hat, sondern dass das letzte Wort, genau wie das erste Wort, allein Gott gehört.

9

Intellektuell herausgefordert von der Begegnung mit dem Bischofsvikar habe ich theologische Bücher gelesen und mich mit Religionswissenschaftlern getroffen, mit Historikern und Philosophen.

Daraus sind Artikel entstanden, die im Feuilleton publiziert wurden und für neuen öffentlichen Ärger sorgten. Wahrscheinlich, weil ich weder das Christentum noch die Kirche als Feinde der Freiheit dargestellt habe oder als blutige Geschichtsgrößen. Mir ist bewusst: Viele Artikel und Bücher *stellen* Kirche und Christentum wie blutige Freiheitsfeinde dar und blenden die christlichen Früchte aus, die zu den Menschenrechten geführt haben. Zugleich packen sie die Primitivität und Gewalttätigkeit der Kulturen ohne Christentum in Watte: tribalistisch-feindselige, totalitär-staatsgläubige Kulturen, wie es sie immer gegeben hat seit den ersten Naturvölkern, die man gern romantisiert.

Ich habe mich geweigert, ein solches Christentums-Bashing mitzumachen und auch noch als Journalismus auszugeben. Stattdessen wollte ich die Bedeutung des Glaubens für die westliche Zivilisation verstehen und das, was ich verstanden hatte, dem kritischen Urteil der Leserschaft anbieten.

Ich konnte nicht wissen, wie schnell mich dieses Anliegen in die Frontalkollision mit dem Zeitgeist bringen würde, in die

Frontalkollision mit den herrschenden Meinungsmachern, die sich als fortschrittlich verstehen in dem Glauben, ohne Christentum werde alles besser, und die in jedem Priester nur einen potenziellen Kindervergewaltiger sehen.

Auch Lichtenberger kennt diese Anti-Kirchen-Klischees. Als guter Freund erinnert er mich daran, dass es nicht gut ist, diese Klischees zu unterschätzen. Sie gehören nun einmal zu den Dogmen der Kulturszene, und niemand kann dagegen verstoßen, ohne seine Karriere zu riskieren.

Nach dem Tod von Veronika treffe ich mich regelmäßig mit Lichtenberger, um über die aktuelle Lage der Gesellschaft zu diskutieren; fast immer in Lichtenbergers Wohnung, weil ich meine Wohnung nicht mehr ausstehen kann, und weil der Freund immer hochkarätige Flaschen im Keller hat.

Einmal genießen wir eine Serie von Bordeaux-Weinen und debattieren so intensiv wie lange nicht mehr.

Lichtenberger meint, ich solle keine «kirchenfreundlichen Artikel» mehr schreiben. Das würde mich am Ende alles kosten, sagt er. Heute dürfe man nur noch die Gebote der Entgrenzung verkünden, die Durchschnittsgedanken des Wohlstands-Humanisten mit seinen feministisch verpackten Domina-Träumen und seinen Charterflug-Sehnsüchten.

Über diese Aussage Lichtenbergers muss ich nachdenken, während der zweiten Weinflasche. Immer wieder erstaunlich, wie klar mein Freund die Dinge sieht und wie gut er es versteht, seine Beobachtungen auf den Punkt zu bringen.

Seit Anbeginn der Menschheitsgeschichte, fährt Lichtenberger fort, sei es um Entgrenzung gegangen. Schon immer sei der Motor aller Kriege und Herrschaftswechsel und aller wissenschaftlichen und politischen Leistungen nichts anderes gewesen als der Wunsch nach Anerkennung und Ruhm des Menschen – beziehungsweise des Mannes. Und zwar deshalb, weil Anerkennung und Ruhm den Weg frei machten zu möglichst viel Sex, ebenso den Zugang zu verbotenen Frauen, von denen es in der Weltgeschichte nur so wimmle, zu welcher Epoche und auf welchem Erdteil auch immer.

Nie habe ein Mann auf dieser Welt Großes geleistet oder zerstört und fremdes Großes durch das eigene Große ersetzt, ohne seine hungrige, einsam herangeschwollene Lust in der Hand, sagt Lichtenberger. Nie sei der aufwiegelnde, sich gegen Obrigkeit und Moral durchsetzende Mann ohne eine solche Lust in der Hand aufgestanden. Wohin man in der Menschheitsgeschichte auch blicke – aufmuckende Lustmolche hüben und drüben! Und seit der Gleichberechtigung aufmuckende Schlampen hüben und drüben! Der ganze Feminismus, so Lichtenberger, sei genau wie der Liberalismus nichts weiter als eine ökonomisch forcierte Verarschung, damit Familie und Familienwerte durch Bürozeit und Unternehmenswerte ersetzt würden. Und die angebliche sexuelle Befreiung sei zum massenhysterischen Selfie-Kult verkommen, zur Erregung von Halbwüchsigen, die gegen das jüdisch-christliche Fundament ihres Elternhauses anrammelten.

Ja, auch diese Diagnose ist treffend, ich bin ganz einverstanden. Und gerade deswegen will ich, während der dritten Flasche, von Lichtenberger wissen, ob diese Diagnose auch auf das moderne Theater zutreffe?

Wenn es in der Geschichte immer nur um Lustgewinn gegangen ist, sage ich zu Lichtenberger, und wenn es heute keine Hindernisse mehr geben darf, die uns von diesem Lustgewinn abhalten: Wo sollen Dramatiker und Regisseure, die sich für Beziehungen interessieren, denn überhaupt noch Spannendes finden? Wenn jeder alles haben und konsumieren kann, wo bleibt die dramatische Reibungsfläche? Ist das der Grund, warum auch Schriftsteller heute gern von der konservativen Vergangenheit erzählen, um überhaupt noch Sprengstoff zu finden?

Ganz genau so ist es!, ruft Lichtenberger.

Als Regisseur macht er offenbar seit Jahren die Erfahrung, dass es unmöglich geworden ist, das Theaterpublikum mit Sex und Blut wachzurütteln, weil die Realität jenseits der Bühne alles überholt hat. Dabei ist doch das Theater gemäß Lichtenberger erst dann eine wahre Kunstform, wenn das Publikum nach dem Schlussvorhang nicht einfach klatschen und unbehelligt nach Hause gehen kann, sondern vor den Kopf gestoßen ist. Immer wieder hat Lichtenberger versucht, das Zürcher Publikum hineinzustoßen in eine maximale Irritation, in ein Nachdenken über sich selbst. Doch womit will ein Theatermensch das postmoderne Publikum heutzutage noch irritieren? Mit der alten Gleichstellung von Faschismus und Bürgertum? Mit Schwulen- und Transgenderpornos?

Auch in diesem Punkt ist Lichtenbergers Diagnose scharf: Das postmoderne Publikum praktiziert frühere Bühnen-Skandale heute längst im eigenen Leben und veranstaltet wirkliche Perversionen und schlachtet wirkliche Kinder im Mutterbauch, weil die Frauen ihren Körper nur noch als Besitz betrachten, als Modelliermasse fürs Fitnesscenter, wie auch die Männer nur noch von ihrem Spiegelbild besessen sind und sich kreuz und queer durch die Lebensabschnittspartner blättern.

Alles vollkommen undramatisch, meint Lichtenberger gähnend.

Er entkorkt die vierte Bordeaux-Flasche. Niemand will die Gegenwart auf der Bühne sehen, erklärt er. Lieber die tausendste Neuauflage eines Klassikers, um von der Gegenwart *abzulenken!* Längst haben wir uns an unsere postmoderne Versorgungs-Zufriedenheit als postmoderne Einsamkeit gewöhnt und können nur noch gähnen, wenn ein Theater versucht, die All-inclusive-Hölle unserer Epoche darzustellen.

Natürlich, antworte ich, um heute anzuecken, müsste man die Leute auf ganz neue Weise irritieren und wütend machen. So wütend, sage ich, dass sie nach draußen stürmen und die Absetzung des Stücks fordern! Aber wie könne man das heute erreichen?

Lichtenberger und ich überlegen.

Ich habe eine Idee. Wie wäre es mit der Inszenierung einer jungen hübschen Frau, die sich auf der Bühne *in keiner einzigen Szene* auszieht und sich die ganze Zeit anständig benimmt?

Nicht schlecht, antwortet Lichtenberger. Es müsste eine Frau sein, die in gebildeter Sprache verkündet, dass sie Politikwissenschaften studiert hat und sowohl Seitensprünge wie auch die gesamte Arbeitswelt banal findet und lieber eine glückliche Vollzeitmutter ist.

Ja, sage ich. Wir stellen auf der Bühne eine Mutter dar, die tapfer ankämpft gegen Karrierefrauen, die während des Theaterstücks als Zombies auftreten und Angst und Schrecken verbreiten. Aber unsere Heldin, die Vollzeitmutter, kann alle Zombies vertreiben und wird von der Schauspielerin so begehrenswert dargestellt, dass das Publikum sie *hassen* muss, je länger sie glücklich strahlt, wenn am Abend der alleinverdienende Mann nach Hause kommt.

Grauenhaft, unerträglich!, begeistert sich Lichtenberger. Für so ein Schauspiel würden uns die Kultur- und Genderbeauftragten in Grund und Boden stampfen, die Theaterleitung würde uns in die Wüste schicken, damit wir nie mehr eine Bühne bekommen!

Es wäre fantastisch, sage ich.

Aber leider, gibt Lichtenberger zu bedenken, würde kein Autor je so ein Stück schreiben. Denn anders als Schauspieler oder Kritiker seien Autoren recht intelligent. Aus diesem Grund sei ihnen auch klar, dass niemand so ein Stück je aufführen würde. Niemand in der gesamten westlichen Kulturszene würde es *wagen*, so etwas aufzuführen. Auch wenn es natürlich herrlich wäre, den Zuschauer für einmal aus seiner pseudoprogressiven und pseudoliberalen Selbstzufriedenheit zu reißen und ihm zu zeigen, dass er nicht so toll ist, wie er meint, sondern nur ein spießiges kleines Herdentier. Ein angepasster Spießer, der sofort angepisst ist, wenn die Gebote der sexuellen Entgrenzung auf der Bühne radikal in Frage gestellt und dem heiligen Sakrament der Ehe gegenübergestellt werden.

Am Schluss dieses Theaterstücks, meint Lichtenberger, könne man die von den Karrierefrauen getöteten Föten auf die Bühne regnen lassen, von der Theaterdecke herunter auf die Köpfe der Schauspieler, ein Fleisch- und Blutregen aus dem Himmel der Abtreibungskliniken!

Genial, sage ich.

Ich muss lachen wie seit Monaten und vielleicht seit Jahren nicht mehr. Und natürlich habe ich dafür Verständnis, dass auch Lichtenberger nie ein Stück über eine glückliche Vollzeitmutter inszenieren wird, mit blutig herunterregnenden Föten. Er ist immer so klug gewesen, die offizielle Kulturreligion nicht in Frage zu stellen – so wie es sich kein anerkannter Künstler, wie pseudooriginell er sich auch immer geben mag, je erlauben wird, die offizielle Kulturreligion in Frage zu stellen. Natürlich sind viele Glaubenssätze dieser Religion nicht gleich zu erkennen und treten erst ins Bewusstsein, wenn wir weniger darauf achten, was diese Kultur produziert und als Ideal vorgibt, als vielmehr darauf, was sie *nicht* produziert und niemals als Ideal vorgibt.

Neben der Geschichte der glücklichen Vollzeitmutter wird es heute zum Beispiel niemals einen Kinofilm zum heroischen konservativen Politiker geben oder die Netflix-Serie zur totalitären

Migranten- und Tierliebhaberin, oder einen Roman über den gen-
dersensiblen Serienkiller. Stattdessen werden uns immer nur Ge-
schichten gegen die monogame heterosexuelle Ehe aufgetischt –
sei es als Ausbruch aus der Vorstadthölle wie bei den 68ern, sei es
postmodern als befreite großstädtische Kollektivonanie. Hauptsache gegen die heterosexuelle Ehe und alle damit verbundenen
Werte, die immer nur kleinbürgerlich und faschistisch dargestellt
werden dürfen.

Ich kann Lichtenberger wirklich verstehen, dass er sich immer
brav an diese ungeschriebenen Gesetze gehalten hat. Wer etwas
werden will als Theatermensch, Schriftsteller, Musiker, Künstler,
Journalist – der darf die Kultur-Hohepriester nicht gegen sich haben. Und natürlich habe ich das ebenfalls gewusst. Aber es ist
eine Sache, etwas zu wissen, und eine ganz andere, danach zu
handeln.

10

Im Vergleich zu Lichtenberger, der über Jahre seiner Karriere dient, ist mein Verhalten als Journalist und Autor regelrecht dumm: Wenn ich publiziere, gehe ich zum Mainstream nicht nur auf Distanz, sondern auf Konfrontation; gegen den Rat der Kollegen von der Redaktion.

Ich bekomme Brechreiz, wenn ich beobachte, wie sich meine Kollegen dem Zeitgeist anbiedern, wie sie vor den herrschenden Denkmoden kriechen. Es ist zum Kotzen, wie sie sich dabei auch noch *mutig* vorkommen, wie sie ihren vollkommenen Mangel an Charakter und Haltung als Haltungsjournalismus empfinden, ihren Opportunismus als Moral der Stunde.

Es ist Zeitverschwendung, an den Sitzungen mit ihnen zu streiten oder auf ihre Kritik an meinen Texten einzugehen, die sie als rechts außen und reaktionär brandmarken.

Ich ziehe mich lieber zurück und arbeite an einem neuen Roman. Die Hauptfigur ist ein Witwer, der über den Verlust seiner Frau hinwegkommen muss und am Ende nicht nur Priester wird, sondern bei einem tragischen Fabrikunfall viele Menschenleben rettet.

Die Begeisterung eines kleinen, unkonventionellen Verlegers in Österreich, der meine Artikel zum Islam kennt und schätzt, hält sich in Grenzen. Eigentlich verständlich, denn die Ge-

71

schichte vom guten Priester hat in der Literaturszene heutzutage noch weniger Chancen als die Geschichte der glücklichen Vollzeitmutter. Der Verleger aus Österreich möchte mir trotzdem eine Chance geben und schlägt vor, das Manuskript überarbeiten zu lassen. Er will meinen Roman etwas «zeitgemäßer» machen, etwa so, dass der von mir beschriebene Witwer im Laufe der Geschichte eine Reise nach Asien unternimmt und durch esoterische Einsichten, angereichert durch spirituell verklärte Sexszenen, zu neuem Lebensmut findet.

Nicht nur, dass ich keine Lust habe, einen solchen Schwachsinn in meine Geschichte einzubauen, sondern es wäre mir ein ekelhafter *Selbstverrat,* auf diese Weise den konsumistischen Seelenbankrott, der ohnehin um sich greift, auch noch literarisch abzufeiern.

Obwohl ich ehrlicherweise zugeben muss, dass ich manchmal unsicher bin, warum ich wirklich so schlecht von unserer Kultur denke, von unseren Medien und Journalisten. Ist es intellektuelle Redlichkeit, wie ich mir einrede, Widerstandsgeist gegen den Mainstream, oder nicht doch eine Depression, wie Lichtenberger meint?

Es soll ja in der Tat Leute geben, die springen bei einer Depression nicht vor den Zug oder von der Brücke oder erhängen sich, sondern sie saufen und rauchen sich zu Tode, langsam über Jahre. Im Fall meiner Person könnte man sagen, dass ich mich über Jahre öffentlich zu Tode exponiere und ausstelle. Und dass diese mehrheitsunfähigen Positionen, mit denen ich mich exponiere und ausstelle, lediglich Mittel zum Zweck der Selbstzerstörung sind, so wie bei anderen Schnaps und Zigaretten.

Manchmal finde ich ein paar Stunden Schlaf und träume wirres Zeug. In einem dieser Träume trage ich eine Maschinenpistole durch die Stadt. Ich fühle mich gut, irgendwie beschwingt, und betrete das Verlagsgebäude. Ich suche die Räume meiner Kollegen in der Zeitungsredaktion auf. Ich gehe von Büro zu Büro bis in den Pausenraum mit dem Kaffeeautomaten, der uns seit Jahren vergiftet, und schieße zuerst diesen Automaten und dann die Kollegen über den Haufen: in die Beine, in den Bauch, zwischen die Augen, wobei völlig klar ist, dass sich die Kollegen ihr Schicksal selbst zuzuschreiben haben, weil sie nichts anderes sind als Zeitgeisthuren, publizistische Herdentiere.

Das Schlimmste an diesem Traum ist nicht die Tatsache, dass ich es gut finde, die Kollegen abzuknallen (selbst den romantischen Wirtschaftsredakteur, der sich aus dem Fenster gestürzt hat). Das Schlimmste ist die Ähnlichkeit mit den Anschlägen von Paris, über die ich berichtet habe, und dass ich mich im Traum mit den Terroristen *verbunden* fühle.

An einem besonders üblen Wochenende plagt mich ein langer Albtraum. Schlimm ist, dass sich dieser Albtraum wie eine Erinnerung anfühlt. Die Erinnerung an Ereignisse, die ich verdrängt habe. Verdrängt vor allem durch die Arbeit in der Redaktion. Die Erinnerung, die ich loswerden will mit Schnaps und Whisky und die sich nicht auslöschen lässt. Die Erinnerung an diesen Ort, an dem ich gefangen bin. Der Ort, an dem man mich zur Geisel gemacht hat, in der Stadt Berlin – ist es nicht so?

Ich sehe einen Saal mit dekorierten Tischen vor mir. Tische unter einem Kronleuchter. Und vor den Tischen, zusammengedrängt am Boden, die Gruppe von Geiseln, zu denen ich gehöre.

Hinten im Saal befindet sich eine Spiegelwand. In der Spiegelwand Einschusslöcher, die aussehen wie diamantfarbene Spinnennetze. Löcher, die von bärtigen jungen Männern verursacht worden sind, Männern mit Kalaschnikows und Sprengstoffwesten.

Vorne im Saal steht der Anführer Hamed S., ich kann ihn sehen und hören.

Hamed S. spricht zum Ersten Deutschen Fernsehen, das Gesicht erhellt vom Scheinwerferlicht, während drüben, am Boden vor den blumengesäumten Tischen, still die Geiseln sitzen, ohne dass sich jemand rührt. Auch ich rühre mich nicht. Warum eigentlich? Warum wehren wir uns nicht?

Wir haben Hinrichtungen mit dem Schwert gesehen. Wir haben Kopfschüsse mit den Kalaschnikows gesehen. Wir haben zugeschaut, wie man die Leichen in den Nebenraum geschleppt hat: die Leichen der Geiseln, die zu fliehen versuchten, die Leichen des Literaturnobelpreisträgers X. und des Ismail Nagibi, die Leiche des Chefredakteurs einer großen deutschen Zeitung, die Leichen der Filmschauspielerin und der Bundespolitikerin.

Wir müssen etwas *versuchen*, denke ich. Trotzdem rühre ich mich nicht, trotzdem rühren sich auch die anderen nicht, bleiben still am Boden vor den blumengesäumten Tischen.

Ich will mich aus der Starre befreien, doch es gelingt mir nicht. Und dann ertönt, irgendwo weiter vorne, ein Schrei. Es hört sich nicht ängstlich oder panisch an, sondern wütend.

Jetzt kann ich es sehen: Es ist ein junger, etwa dreißigjähriger Mann, ein US-amerikanischer Internet-Milliardär, den ich aus den Medien kenne, wenn ich mich nicht irre, wenn ich das Gesicht nicht mit einem anderen Gesicht aus den Medien verwechsle.

Der Internet-Milliardär kommt auf die Beine und rennt auf einen der Terroristen zu. Er will ihn überwältigen, aber nicht allein, sondern zusammen mit drei Männern, die ebenfalls aufgestanden sind und losrennen; kräftige Männer mit Kurzhaarschnitt, möglicherweise Bodyguards.

Diese Bodyguards, wenn es Bodyguards sind, verpassen dem Terroristen Fußtritte in die Kniescheiben, Faustschläge auf Nase und Hinterkopf und in den Hals, während der Internet-Milliardär die Maschinenpistole an sich reißt, während er sie in An-

schlag bringt und sogleich, ohne einen Moment zu zögern, los-
schießt – in Richtung der bereits herbeieilenden Terroristen, die
ihrem Glaubensbruder helfen wollen.

Möglicherweise ist der Internet-Milliardär ein Sportschütze,
denn er trifft einen Angreifer ins Bein sowie in die Brust und feuert weiter und trifft einen zweiten Terroristen im Gesicht. Dann
wird er selbst getroffen und stößt gegen einen Tisch, reißt Teller
und Gläser und die Blumendekoration mit sich zu Boden.

Die Bodyguards, wenn es Bodyguards sind, werden ebenfalls getroffen, die ersten beiden fast gleichzeitig, während der Dritte länger durchhält, unter dem Einsatz einer beeindruckenden Kampf-
kunst: Mit gestreckten, propellerhaft herumwirbelnden Beinen
und angewinkelten Ellbogen tritt er die Schläfen des Gegners, mit
harten Fingerstechern in die Augen macht er einen weiteren Geg-
ner blind. Der Bodyguard, wenn es ein Bodyguard ist, kämpft
sich durch den halben Festsaal, in Richtung Hamed S., der die
ganze Zeit nur zuschaut. Er wirkt ruhig und greift langsam nach
dem in seinem Gürtel steckenden Schwert. Er wartet, bis sich ihm
der Bodyguard nähert und stößt dann zu, so fest in den Hals, dass
das Schwert hinten wieder rauskommt, wobei der Bodyguard
noch in der Lage ist, einen letzten Schritt in Richtung Hamed S.
zu machen, ihn an den Schultern zu packen und festzuhalten, bevor er zu Boden geht.

Hamed S. blickt auf den sterbenden Angreifer, vielleicht weil
er beeindruckt ist, vielleicht weil er sich für einen Moment sammeln muss.

Inzwischen bringt man den Internet-Milliardär, der getroffen
worden ist, aber noch lebt, nach vorne. Hamed S. lässt den Milliardär niederknien, mit dem Gesicht zu den anderen Geiseln, und
schießt ihm von hinten in den Kopf, damit alle den explodieren-
den Schrecken in den Augen des Hingerichteten sehen können.

Nach dieser Szene erklärt Hamed S. dem Ersten Deutschen Fernsehen, warum der Milliardär den Tod verdient hat, nämlich, weil er durch seinen Einfluss im Internet und mit dem Vermögen, das er mit der Internetsucht der Menschen verdient hat, zu einem Zerstörer der Seele geworden sei, zu einem Gebieter über die digitale Verwertung des Menschen.

Keine der Geiseln reagiert, natürlich nicht, weil wahrscheinlich alle an die Augen des Milliardärs im Moment der Exekution denken, wie auch mir der Gedanke durch den Kopf schießt, dass meine Augen so aussehen werden, wenn man mich exekutiert.

Hamed S. lässt die Leichen des Internet-Milliardärs und seiner Bodyguards, wenn es Bodyguards gewesen sind, wegschaffen. Dann nimmt er die Gästeliste zur Hand, die er seit Beginn des Abends dazu benutzt hat, die Namen der Angeklagten vor dem Gericht Allahs, des Allerbarmers, vorzulesen und nach vorne zu rufen.

Hamed S. studiert die Liste, als wäre er nicht sicher, wer als Nächstes hingerichtet werden muss. Schließlich ruft er zwei Namen auf: Es handelt sich um die international erfolgreichen homosexuellen Modeschöpfer H. und I., deren Gesichter ich ebenfalls aus den Medien kenne. Die Modeschöpfer H. und I. – die zuerst am Boden sitzen bleiben, als hätten sie nichts gehört, als wäre keiner ihrer Namen aufgerufen worden. Doch die Terrorbrüder machen die beiden ausfindig. Sie ergreifen sie und schleppen sie nach vorne.

Den Altersunterschied zwischen den Modeschöpfern schätze ich auf knapp 20 Jahre. Sie könnten Vater und Sohn sein, doch aus den Medien weiß ich, dass sie ein Paar sind, ein in der Branche hoch angesehenes Paar.

Sie tragen den gleichen schwarzen Anzug mit dem gleichen weißen Hemd, dazu die gleiche Designerbrille mit dem gleichen schwarzen Rand. Als sie vor der Kamera des Ersten Deutschen Fernsehens stehen, verliest Hamed S. die Anklageschrift.

Diese beiden Männer hätten sich, so die Anklage, nicht nur der Todsünde der Homosexualität und des Transgenderismus schuldig gemacht, ja der öffentlichen Inszenierung und popkulturellen Propagandierung dieser Perversionen. Sondern sie hätten, als denaturierte Designer, die kulturelle Auslöschung des Männlichen als solches vorangetrieben, genau wie die kulturelle Auslöschung der Frau, was nichts anderes sei als die Auslöschung der gottgegebenen Berufung zur Mutterschaft. Um ihr Ziel zu erreichen, hätten die denaturierten Designer den von ihnen entworfenen Kleidern, Schuhen und Schmuckwaren eine heterophobe, die Natur verunklärende Ästhetik aufgezwungen. Diese Ästhetik hätten sie immer weiter getrieben, mit der Laufsteg-Inszenierung von ausgehungerten unfruchtbaren Frauen und ausgehungerten femininen Männern, die alle knabenhaft aussehen würden, wie Geschöpfe aus den Hirngespinsten eines Pädophilen. Mit diesen und anderen Inszenierungen hätten die denaturierten Designer die Auslöschung der materiellen und geistigen Fruchtbarkeit der Menschheit in der Spannung zwischen Mann und Frau im Sinne gehabt, um stattdessen das Kranke und Dekadente als neue Ideale aufzurichten, den Hass auf die Schöpfungsordnung als Hass auf alles Unverfügbare, Gottgegebene.

Nachdem er die Anklageschrift verlesen hat, blickt Hamed S. zu den Modeschöpfern H. und I. Diese haben zu zittern begonnen, beide auf ähnliche Weise, zuerst mit den Beinen und dann mit den Armen.

Vielleicht wollen die Angeklagten etwas zu ihrer Verteidigung sagen. Vielleicht wollen sie einige oder alle in der Anklageschrift aufgezählten Punkte zurückweisen. Vielleicht wollen sie sich durch die Kamera des Ersten Deutschen Fernsehens an die Zuschauer wenden und um Hilfe bitten. Oder sie wollen an Hamed S. appellieren in der Hoffnung auf Milde.

Doch sie sagen nichts, und sie werden, wie zuvor der Internet-Milliardär, in die Knie gezwungen. Aber anders als beim Internet-Milliardär schießt man den Modeschöpfern nicht in den Kopf, sondern vier Terrorbrüder bilden einen Kreis um sie und schlagen auf sie ein, schnell und hart mit den Gewehrkolben. Die schwarz geränderten Brillen fliegen weg, die Schreie sind *unerträglich,* während die Modeschöpfer versuchen zu entkommen, wegzurobben, zwischen den Beinen der Terrorbrüder hindurchzukriechen. Wieder und wieder fahren und hacken die Gewehrkolben herunter, auf Kopf und Rücken, auf schützend ausgestreckte Hände, auf Arme und Nase und Mund – bis die Schreie leiser werden, bis die weißen Hemden und schwarzen Anzüge sich ganz mit dem Durcheinander aus verrenkten, aufeinanderliegenden Körperteilen vermischt haben.

Für einige Sekunden wird es still im Saal. Dann getraut sich eine Geisel, ein Geräusch von sich zu geben, eine Art Jammern, das langsam die Runde macht, sodass immer mehr Geiseln jammern.

Das ist der Moment, in dem ich aufstehe. Ich stehe auf und sage den anderen Geiseln meine Meinung. Ich sage ihnen, dass sie ekelhaft sind und dass wir alle ekelhaft sind. Weil wir es nicht über uns gebracht haben, dem Internet-Milliardär zu helfen. Weil wir es nicht über uns gebracht haben, den Modeschöpfern zu helfen. Weil wir zugelassen haben, schon den ganzen Abend, dass die Barbaren wüten im Haus der Kulturen. Weil wir zugelassen haben, dass im Haus der Kulturen kein Fest der Kulturen stattfindet, wie es die Slogans von migrationsoptimistischen, islamfreundlichen Politikern gern hätten. Sondern dass im Haus der Kulturen ein Schlachtfest der Kulturen stattfindet.

Und wir lassen es zu, ohne uns zu wehren, ohne unser Haus und unser Leben zu verteidigen. Wir schauen zu und lassen uns nicht einen Moment aus unserer Feigheit reißen. Und es handelt sich, auch das muss gesagt sein, nicht um eine kurzfristige, auf den Abend beschränkte Feigheit, sondern um eine über Jahrzehnte eingeübte Feigheit. Es handelt sich um eine Feigheit, die wir in unserer Erziehung und in unseren Schulen und in unseren Medien und in unseren Unternehmen und in unseren Parlamenten jahrelang zugelassen und verinnerlicht haben, als Teil unserer wohlstandsverblödeten Existenzweise.

Alles das sage ich den Geiseln. Ich schreie sie an, bis man mich von ihnen wegzerrt. Trotzdem schreie ich weiter, bis man mir einen Gegenstand ins Gesicht schlägt, wahrscheinlich einen Gewehrkolben. Der Schmerz explodiert in meinem Kopf, als wäre die Welt ein platzender, mit heißem Blut gefüllter Luftballon, der mich ins Nichts fallen lässt.

11

Ich glaube, ich bin bewusstlos und träume. Oder ich denke nur, dass ich träume, und bin in Wahrheit, nach dem Schlag auf den Kopf, gerade aufgewacht.

Vielleicht habe ich die Barbarei im Haus der Kulturen in Berlin nur geträumt und komme jetzt zu mir, komme zurück in mein altes Leben, in mein Leben als Journalist und Witwer.

Ich werde verrückt, denke ich. Ich drehe durch. Ich muss raus aus diesem Geisteszustand, ich muss einen Weg hinaus finden aus diesem Geisteszustand.

Ich denke an die Erschossenen und Geköpften und Totgeprügelten, und ich denke an meine Feigheit. Ich denke an alle Geiseln und überlege, dass unser Benehmen in Berlin, selbst wenn es nur ein Traum gewesen sein sollte, doch sehr realistisch gewesen ist.

Ich denke, dass die meisten Menschen, die ich kenne und die wir alle kennen, sich ihr Leben lang wie Geiseln benehmen und ganz genau *nichts* tun würden, wenn die Feinde kommen. Ich denke, dass wir von Natur aus Herdentiere sind und also Tiere, die zwar in alle möglichen Richtungen gehen und Eindruck schinden, mit einem Imponiergehabe wie bestimmte Affen, aber wir gehen niemals in die Richtung, die wirklich riskant wäre und den Verlust der Herdenwärme nach sich zöge.

Der Herdentrieb, denke ich, ist der schlimmste Feind der Freiheit und erzeugt die verschiedenen Glaubens- und Meinungsdiktaturen, die wir auch im heutigen Westen nach wie vor haben und die sich von der Glaubens- und Meinungsdiktatur in islamischen und asiatischen Diktaturen nur durch den Grad ihrer Hinterhältigkeit und Verschleierung unterscheidet.

Alle diese Gedanken, die ich habe, bedeuten natürlich nicht, dass Lichtenberger danebenliegt, wenn er mich für depressiv hält. Wenn er mir, wie bei unserem letzten Treffen, empfiehlt, mich richtig auszuruhen und vielleicht eine Therapie zu machen.

Es ist gut möglich, dass meine Depression seit Jahren andauert, ohne dass ich es akzeptieren kann. Und dass ich deswegen solche grässlichen, barbarischen Dinge träume.

Doch wie soll eine Therapie helfen? Wer kann gegen einen Geisteszustand, wie er sich hier zeigt, etwas ausrichten? Genau genommen haben wir alle eine Depression, sobald wir wirklich hinsehen, was in der Welt geschieht, sobald wir wirklich wissen wollen, wie die Leute sind. Sobald wir unseren Weichzeichner ablegen und *nachdenken.*

Depression und Selbstmord, denke ich.

Und natürlich denke ich dabei an Veronika. Und an Veronikas Mutter. Denn es war Veronikas Mutter, die mir von Anfang an die Schuld am Selbstmord ihrer Tochter gegeben hat. Genauso, wie sie mir schon vor der Hochzeit klargemacht hat, für Veronikas Zukunft habe sie sich etwas anderes vorgestellt: jedenfalls nicht einen Verlierer wie mich. Nein, Veronika solle nicht mich, sondern die Welt erobern.

Immer wieder habe ich solche Anfeindungen von dieser alten Schlampe ertragen müssen und ihr schließlich gesagt, dass *sie* ihre Tochter getötet hat, so wie alle Hippiefrauen ihre Töchter getötet haben. Der lebenslange Dienst am Kapital als sogenannte Karriere, der Stress und Konkurrenzdruck im Büro als weibliche Befreiung? Eine ganze Generation drogenverblödeter Mütter hat ihren Töchtern diesen Schwachsinn eingetrichtert und hat diese Töchter in den heutigen Wirtschafts- und Leistungsschwindel getrieben, unter der Flagge der Autonomie. Denn sie wollten diese Töchter nicht als lebenslange Liebe eines Mannes sehen, sondern als pillenfitte Lebensabschnitt-Konkubine aller Männer.

Aber natürlich ist Veronikas Mutter weit davon entfernt, das endlich zu kapieren.

Ich ziehe mich immer mehr zurück, will immer weniger von Müttern und Töchtern und von der Gesellschaft wissen. Zum Glück sorgt Lichtenberger dafür, dass ich ab und zu doch meine Wohnung verlasse, dass ich «unter die Leute» gehe.

Er schleppt mich an Anlässe, an denen ich Kreative vom Theater oder aus der Filmwelt treffe, die alle so tun, als seien sie keine angepassten Herdentiere des politisch Korrekten, ja, als hätten sie noch nie Probleme mit der Zensurschere im Kopf gehabt, als seien sie frei und originell. Manchmal begegne ich an diesen Abenden auch Frauen und bin überrascht, wenn sie an mir Interesse zeigen.

Eine dieser Frauen treffe ich ein paar Mal in der Stadt und lade sie zu mir nach Hause ein. Dort nimmt sie, als wäre nichts Besonderes dabei, meine Hand und wartet, bis ich sie küsse. Sie wartet, bis ich die Augen schließe und ihr durch eine neue Stimmung folge. Sie will, dass ich dem Geruch ihrer Hoffnungen folge, mit der traumfarbenen Milchfarbe ihres Bauchs. Ich tue es und habe das Gefühl, mit ihr zu fallen und gleichzeitig hochzusteigen. Als würde ich den Geruch dieser Frau genau kennen, das Flüstern jener Versprechen, die immer wiederkehren. Denn es ist ganz und gar Veronika, die ich in diesem Moment rieche und von der ich trinke, ganz und gar Veronika, die in meinen Armen liegt oder unter meinen Schenkeln wegtaucht. Bist du es wirklich, ist es möglich, dass der Tod auf Befehl Gottes eine Ausnahme gemacht hat?

Nein, ich merke an der Hast ihres Atems und am Hochzeitsappetit ihrer Küsse, dass ich mit einer anderen Frau zusammen bin, dass das alles nicht zu Veronika gehört, dass es fremde Augen sind, fremde Hände und fremde Wärmegrade des Geflüsters in der Landschaft des Bettes.

Ich weiß, dass gewisse Menschen den Tod ihrer Liebe angeblich überstehen. Aber das wird mir wohl immer unbegreiflich bleiben, weil der Tod, von einer Sekunde auf die andere, alle Beziehungen auslöscht und es mir unmöglich ist, das zu ertragen. Es ist ein Selbstbetrug und nichts anderes, und es tut mir leid, dass mir das erst jetzt bewusstwird, nachdem ich mit dieser neuen Frau geschlafen habe.

In den kommenden Wochen ruft die Frau mehrmals an, um eine ernsthafte Beziehung aus uns zu machen. Ich mag ihre Stimme, ihre Hoffnung. Wie gern würde ich nur schon aus Anstand darauf eingehen, aber ich möchte ihr nicht das Leben versauen, gerade weil sie so lieb ist. Ich möchte sie nicht hineinziehen in die radikale Müdigkeit, die jetzt alles in mir erfasst, während ich immer wieder an das Loslassen denke, an das endgültige Aufhören und Verschwinden.

Eines Abends, nach Sonnenuntergang, gehe ich schließlich aus dem Haus und suche die Stelle auf, die auch Veronika an jenem Tag aufgesucht hat.

Ich betrete die Gleise in der Nähe des Waldes, die auch Veronika an jenem Tag betreten hat. Ich lasse den Anblick der Gleise und des Waldes und das Plätschern des Bachs auf mich wirken und denke an Veronika und warte auf den Schnellzug. Ich schließe die Augen und denke: Es ist jetzt wirklich, es ist jetzt endlich wirklich.

Ich höre das Plätschern und rieche die Luft, die vom Wald herübergeweht wird. Ich rieche das Holz und das Gras und die Nacht und denke: So hat sie gewartet, so hat sie die Augen geschlossen.

Aber dann denke ich, dass ich überhaupt nicht weiß, was geschehen ist, dass niemand das wissen kann. Niemand hat von Veronika erfahren, was geschehen ist, und hat je ein Mensch erfahren, warum ein anderer sich beseitigt und aus der Zeit herausgetötet hat. Auch Veronikas Mutter kann nichts tun gegen dieses Unwissen und ist für diese Katastrophe vielleicht gar nicht der Grund. Denn Veronika hat ihr Leben lang fast jeden Ratschlag in den Wind geschlagen und immer die totale Selbstbestimmung gesucht. Veronika hat weder auf die Mutter noch auf mich gehört, das ist die Wahrheit. Veronika hat immer nur getan, was *sie* für richtig hielt. Sie ist nicht das Opfer der Mutter oder des Chefs oder der bösen kapitalistischen Umgebung, sondern ihrer eigenen Besessenheit in Bezug auf Leistung und Erfolg.

So ist es, denke ich mit geschlossenen Augen auf den Gleisen in Erwartung des Schnellzugs. Was Veronika getan hat, haben viele getan und tun es weiter, und sie alle tun es in der Überzeugung, dass sie immer erfolgreicher sein wollen und dass sie sich am Ende umbringen müssen, wenn sie nicht erreichen, was sie sich zu erreichen vorgenommen haben. Wahnsinn, denke ich auf den Gleisen in Erwartung des Schnellzugs und öffne die Augen und verlasse die Gleise und gehe rüber zum Wald und zum Plätschern des Baches und dann immer weiter.

12

Weiter und weiter gehe ich durch mein Leben und sage mir, dass dieser Wahnsinn, dem nicht nur Veronika, sondern Millionen von Menschen zum Opfer gefallen sind (und dem wahrscheinlich noch weitere Millionen zum Opfer fallen werden), dass dieser Wahnsinn entlarvt werden muss.

Ich will das in meinen Roman «Auslöschung» einbauen. Ich will mit Veronikas Geschichte zeigen, wie es so weit kommen konnte, dass wir aus unserer Kultur eine Daseinsoptimierungs-Maschine gemacht haben. Eine Maschine, in welcher die Familie nur noch ein nebenberuflicher Unterbruch der Produktivität ist, sekundiert von Krippen, Abtreibungen und chemischen Mitleidstötungen im Alter. Eine Maschine, in der nur noch Hamsterrad-Liberale herumrennen, Fitnessstudio-Moralisten und Champagner-Demokraten.

Ich schreibe das alles in den Roman hinein, doch wird sich am Ende kein Verleger finden, der das publiziert. Standardmäßig werden die Verleger erklären, der Roman passe nicht ins Programm, während es in Wahrheit so ist, dass *ich* nicht ins Programm passe, denn nun gelte ich als Katholikenfreund, als Islamhasser.

Wer ich wirklich bin, das spielt keine Rolle, denn es geht für die Verleger darum, keine Autoren im Programm zu haben, die den Frieden mit der Kulturkirche stören. Weil Verstöße gegen die

Kulturdogmen gnadenlos bestraft werden, weil ihre Hohepriester das Brainwashing und Mindfucking aller Gesellschaftsschichten im Sinn haben. Deswegen fördern sie nur noch die eigenen Ergüsse und werfen alles andere in die Kehrichtverbrennungsanlage des Unzeitgemäßen, Reaktionären.

Dass das alles nicht einfach paranoides Zeug ist, zeigt sich für mich spätestens, als der Zeitungsverlag, für den ich seit Jahren arbeite, mir die Kündigung auf den Tisch knallt.

Angeblich werde ich entlassen, weil ich Artikel zu spät liefere und «handwerklich mangelhaft» arbeite. Eine absurde Begründung, denn ich liefere zuverlässig und beherrsche mein Handwerk. Doch es lohnt sich nicht, den Kündigungsgrund anzugreifen oder rechtlich mit dem Verlag zu streiten, weil es offensichtlich ist, dass ich auf der Abschussliste stehe und man in Zukunft jede Gelegenheit nutzen wird, mich auf diese oder eben eine andere Weise loszuwerden.

Nun bin ich also arbeitslos. Und ich finde keine neue Anstellung wegen meines Rufs als katholikenfreundlicher Islamhasser. Das zwingt mich, das Arbeitslosenamt aufzusuchen.

Nach etwa einem Jahr verbessert sich die Situation etwas. Ich bekomme PR-Mandate, unter anderem vom Bischofsvikar, der von meiner Kündigung erfahren hat. Ich soll für die Diözese Medienmitteilungen und Ähnliches schreiben. Dann kontaktiert mich, für mich völlig überraschend, ein Wiener Sachbuchverlag, der eine Publikation über die Bedeutung der katholischen Kirche plant. Dazu soll ich einen Text beisteuern. Ich nehme das Angebot an, nur schon deshalb, weil es Spaß verspricht und ich damit meine ehemaligen Arbeits- und Berufskollegen ärgern kann.

Und doch habe ich, als ich an diesem katholischen Buch arbeite, keinen Spaß, obwohl mir das Schreiben früher immer Spaß gemacht hat. Am Abend finde ich nicht einmal mehr Gefallen an einem guten Film. Ich schlafe weiterhin schlecht und trinke viel.

Es wird so schlimm, dass ich aus Verzweiflung regelmäßig in die Kirche gehe: wenn nicht in die Morgenmesse, dann am Abend in die Vesper. Manchmal sitze ich allein in der Kirchenbank und blicke auf das rote Auge des Ewigen Lichtes über dem Altar, so lange, bis mir die Erinnerung an Veronika vorkommt wie ein Traum, den jemand anders träumt, aus einem Leben, das jemand anders gelebt hat.

Manchmal bete ich mit geschlossenen Augen und spüre, wie in der Nähe des Ewigen Lichts eine Luftveränderung eintritt. Ich spüre den Hauch einer Bewegung. Ich öffne die Augen und bemerke das kerzenhafte Blinzeln des roten Auges und sehe, dicht daneben – Veronika. Ruhig steht sie da, vielleicht wartend, vielleicht schon lange, ohne dass ich wach genug gewesen bin, sie zu bemerken.

Ich gehe nach vorne zum Altar. Ich nehme Veronikas Hand und sage ihr, dass ich jetzt nichts anderes möchte. Nur mir ihr zusammen sein, genau hier, neben dem Altar. Genau hier, unter dem Ewigen Licht, das schon so viele Gebete und Gesichter im Kirchenschiff der Jahrhunderte gehört und gesehen hat. Das Licht, auf das schon so viele Seelen geschaut haben in der Hoffnung, das Geheimnis des Glaubens möge die Wahrheit sagen und die Auferstehung eine Tür öffnen für die Liebenden, die sich auflehnen gegen den Zerfall.

Ich stehe da und halte Veronikas Hand. Ich blicke in ihr Schweigen und warte und spüre unter uns das Zittern. Ich spüre das Zittern, das den Boden und die Wand und die Kirchenfenster erfasst.

Ich begreife, dass es kein Erdbeben ist, sondern der Zug, der immer seinen Weg findet. Ich ziehe Veronika vom Altar weg und renne mit ihr durchs Kirchenschiff, während über uns die Zeit Risse bekommt und die Hoffnung aufflackert, dass auch wir jetzt zu den Liebenden gehören, für die das Geheimnis des Glaubens die Wahrheit sagt und die Auferstehung eine Tür geöffnet hat. Aber dann sehe und höre ich, wie der Zug mit ungebremster Wucht in die Mauer des Chores donnert und das Chorgestühl und die Chorschranken überflutet. Eine rasende Todeslinie, auf welcher der Zug seit Ewigkeiten die Geschwindigkeit hält, ohne Notbremse und Zwischenhalt.

13

Wie eine feste Erinnerung spüre ich Veronikas Hand in meiner Hand, während wir aus den Trümmern des zerstörten Seitenschiffs steigen, während wir uns aus dem Durcheinander der heruntergebrochenen Empore und der zermalmten Beichtstühle kämpfen.

Veronika und ich fliehen in die nächste Stadt, die der Traum für uns bereithält, eine Stadt, in der wir keine Zuggeräusche mehr hören und eine Wohnung suchen, die uns Schutz bietet.

Nacht für Nacht träume ich von dieser Suche mit Veronika nach einer Wohnung und probe mit ihr das neue Leben. Das Leben, das erst möglich wird, wenn ich den Mut finde, am nächsten Morgen nicht mehr aufzuwachen, das ist klar. Früher oder später muss ich den Ernstfall erreichen, den Ort, an dem Veronika auf mich wartet: das Kellergeschoss des Zerfalls mit den halbierten Liebespaaren. Tausende und Millionen müssen es sein, die in diesem Zerfallskeller warten, getrennt von der anderen Hälfte, die oben sinnlos weiterexistiert, ohne den letzten Atemzug zu finden.

Bald, sage ich zu Veronika – und zögere meinen Selbstmord hinaus, schrecke doch immer wieder zurück vor dem letzten Schritt in die Auslöschung. Stattdessen wurstle ich mich weiter durch die Tage und suche manchmal das Gespräch mit dem Bischofsvikar, neben Lichtenberger der einzige zwischenmenschliche Kontakt, der mir etwas bedeutet.

Wenn ich beim Bischofsvikar bin, gebe ich vor, über Fragen der Trauerbewältigung sprechen zu wollen, doch in Wahrheit beschäftigt mich nur das Problem, wie ich endlich den Mut zum Selbstmord finde.

Der Bischofsvikar redet über die Jünger Jesu', die als Fischer ihren Herrn aus dem Boot haben steigen und übers Wasser laufen sehen: Petrus, später der erste Papst und ein Feigling, ein Verräter, versagt bereits in dieser Szene im Fischerboot, als er versucht, auf den über dem Wasser schwebenden Jesus zuzugehen. Wie sein Herr will Petrus die Naturgesetze überwinden, aber er versinkt und würde ohne Jesus jämmerlich ertrinken.

Das Wasser ist ein Gleichnis für das Schwergewicht der Welt, erklärt mir der Bischofsvikar. Wenn wir wie Petrus auf das Wasser starren und nur die Natur sehen, versinken wir in der Tiefe des Todes. Aber wenn wir auf Gott schauen, der uns mit Jesus Christus über den Tod hinausheben kann, dann schaffen wir es über das Todeswasser. Dann können wir die Mächte der Welt überwinden.

Natürlich sind das Worte einer schönen Hoffnung, die ich nicht teile, sondern gegenüber dem Bischofsvikar nur höflich zur Kenntnis nehmen kann. Auch weil ich mir, im Vergleich zu Petrus, im Grunde das Gegenteil wünsche: nicht die Rettung durch den Herrn über die Todesmächte hinweg, sondern das Versinken im Wasser. So, wie Veronika im Wasser versunken ist, und so, wie eine Rettung durch den Herrn nicht den geringsten Sinn macht ohne Veronika, weil Gottes Schöpfung ohne Veronika keinen Sinn macht.

Als ich das dem Bischofsvikar erkläre, nickt der Geistliche, vielleicht verständnisvoll und vielleicht darüber nachdenkend, wie er die Radikalität meiner Aussage einordnen soll. Oder er denkt darüber nach, wie er es als guter Seelsorger schafft, unser Gespräch doch noch in eine fromme Richtung zu lenken, dorthin, wo es Hoffnung gibt, dorthin, wo Gott wartet wie eine Ursonne, die alle Sonnen aus sich gebärt, alle Sternensysteme mitsamt den Geburtswehen der Evolution.

Ein faszinierender Glaube, dieser katholische Glaube, das muss ich zugeben. Eine große, ja die größte Hoffnung, die der Mensch haben kann. Und der Bischofsvikar ist ein ehrlicher Mann. Er gibt zu, dass für ihn das Dasein hier auf der Erde *unerträglich* wäre ohne die Hoffnung, dass wir die Toten wiedersehen: den jüngeren Bruder, ums Leben gekommen bei einem Autounfall, oder die im Altersheim verstorbene Mutter. Ein ganz unmöglicher Gedanke, sie nie wiederzusehen, sagt der Bischofsvikar und versichert mir, dass er viel für mich beten werde, für die Gnade der Hoffnung, des Glaubens und der Liebe.

Einige Tage später, bei unserem nächsten Treffen, erwartet mich der Bischofsvikar mit einem Exemplar des Wiener Sachbuchs «Bedeutung der katholischen Kirche». Es handelt sich um das Buch, für das ich auf Anfrage des Verlags einen Beitrag beigesteuert habe. Und der Bischofsvikar meint, dass dieser Beitrag von mir einen «erstaunlichen Sinn für das Sakramentale» erkennen lasse.

Ich schüttle den Kopf und verstehe auch gar nicht, wie er das meint. Ich erkläre ihm, dass es mir nicht um eine religiöse, sondern nur um eine historische Ebene gegangen sei, nämlich um das Verhältnis zwischen Aufklärung und Christentum. Oder genauer: um die heute verbreitete Reduktion der Kirche auf eine antiliberale kastrierende Kraft.

Mit meinem Beitrag hätte ich lediglich nachzeichnen wollen, wie die Aufklärer des 18. Jahrhunderts im Kampf gegen die Aristokratie auch die Kirche zerschlagen wollten, die damals mit den

Herrschern ins Bett gestiegen sei. Aus diesem Grunde hätte man, mit den Worten des berühmten Diderot, alles versucht, um den letzten König mit den Gedärmen des letzten Pfaffen zu erwürgen. Der gesellschaftliche Einfluss der Kirche sollte verschwinden, daher durften aufklärerische Ideale wie Gleichheit oder Brüderlichkeit auf keinen Fall mit dem Christentum begründet werden, auch wenn das geistesgeschichtlich zusammengehört. Lieber habe man das Mittelalter als Finsternis dargestellt und übersprungen, um sich aus der angeblich sonnigen Antike zu bedienen und diese so zu idealisieren, dass noch heute viele an das Märchen glaubten, der Geburtsort der Menschenrechte sei die Antike oder gar die Aufklärung selbst, die man sich als wie vom Himmel gefallen vorstellt. Eine schamlose Geschichtsverfälschung, sage ich zum Bischofsvikar, die ich mit meinem Beitrag entlarven wollte, nicht mehr, nicht weniger.

Der Geistliche hört mir zu mit der warmen Freundlichkeit seiner Augen, als würde er mir das rein intellektuelle Interesse am Christentum nicht abkaufen, ja, als würde er in mir auf einmal einen neuen Glaubensbruder erkennen.

Jemand wie ich, erklärt der Bischofsvikar, sei in der Glut des Zweifels Gott vielleicht näher als der übliche lauwarme Kulturchrist, der nur für seine Gewohnheiten existiere. Ob mir dies nun bewusst sei oder nicht, mein Beitrag in dem Buch würde, so der Bischofsvikar, den Glaubenskern des Christentums verteidigen, nämlich «das Hineintreten Gottes in die Geschichte, um die Welt mit der Feindesliebe zu revolutionieren».

Ich kann nicht sagen, dass ich nach den Begegnungen mit dem Bischofsvikar begonnen habe zu glauben. Aber es ist doch so, dass ich regelmäßig die Heilige Messe besuche. Oder ich sitze allein in der Kirchenbank und blicke zum Altar, auf das rote Auge des Ewigen Lichts, während ich mir sage, dass das alles Unsinn ist, dass auch hier, in dieser Kirche und über diesem Altar, nichts als das Schweigen der Natur herrscht.

Dann denke ich an Petrus, den armen Kerl, der fast ertrunken wäre, was als Fischer besonders peinlich ist. Und wieder denke ich daran, mich vom Zug überfahren zu lassen und endlich in den Tod zu Veronika zu gehen, und wache dann doch zu Hause auf, wie jeder andere Spießer auch.

Hin und wieder zerstreue ich mich durch Sonntagsspaziergänge und beobachte auf dem Spielplatz die Kinder mit ihren Müttern und Vätern. Ich schaue nach oben in die wolkendurchtupfte Bläue des Himmels und sage mir: Das ist schön. Zugleich weiß ich, dass es grässlich ist und noch nie so grässlich war – die Ahnung der kalten ewigen Weltraumschwärze da oben, die den Planeten Erde umgibt, und der Sonntagshimmel ist nichts weiter als ein netter, weitgespannter Lügenvorhang.

Zum Glück lenken mich die PR-Aufträge ab, für den Bischofsvikar und andere Kunden. Ich bekomme Mandate von Autoherstellern, Banken und Versicherungen, und immer wieder von der katholischen Kirche. Ich sorge dafür, dass die katholische Stimme mit einer guten Medienarbeit lauter wird, was immerhin nicht langweilig ist.

Einmal coache ich den Bischof persönlich vor einem Auftritt im Fernsehen. Und weil es dann bald wieder um den Islam geht, nachdem die Hamas ein barbarisches Blutbad in Israel angerichtet hat, lädt man mich in eine Talkshow ein, in der es um die Gefahr des Islamismus gehen soll. Doch in der Sendung sitzen zwei Frauen mit kämpferischen farbigen Brillen, die weniger den Islam als vielmehr den Antisemitismus des Christentums angreifen, besonders die katholische Kirche mit den Hexenverbrennungen. Die Kirche, die keine Frauenpriesterinnen zulassen will.

Diese Frauen hegen einen solchen Groll gegen die Kirche, dass wir kaum zum Thema Hamas oder Islamismus kommen. Sie haben offensichtlich gut bezahlte Jobs und Zugang zu großen Medien, gehen zugleich aber mit so viel Gehässigkeit auf Andersdenkende los und gebärden sich dabei derart als an den Rand gedrängte Opfer, dass ich die Nerven verliere und den Damen erkläre, dass heute jede Frau Karriere machen könne, wenn sie wolle, und dass sie auch in einer frei gewählten Glaubensgemeinschaft Priesterin werden könne. In der ganzen westlichen Welt könne jeder, so erkläre ich, seine eigene Gender- oder Veganerkirche gründen und als familienbewusster Schwuler ein Kind über südamerikanische Leihmutterschafts-Kataloge bestellen. Niemand werde gezwungen, römisch-katholisch zu sein. *So what's the fucking problem?* Diesen Satz wiederhole ich in der Sendung mehrmals und staune über das Medienecho in den nächsten Tagen, in dem ich als Frauen- und Schwulenhasser beschimpft werde.

Lichtenberger, neben aller Sympathie für meine «katholische Anarchie», wie er es inzwischen nennt, empfiehlt mir, öffentlich überhaupt nicht mehr in Erscheinung zu treten. Er will verhindern, dass ich mich definitiv ins gesellschaftliche Aus manövriere.

An einem unserer Abende mit hochprozentigen Flaschen versichert er mir, dass mein Verstand zwar wunderbar gegen alle Herdentier-Bequemlichkeiten arbeite, aber leider bis ins Kindische hinein. Jeder, der mich kenne, sagt Lichtenberger, wisse, dass ich Schwule niemals gehasst hätte, so wie ich ihn, Lichtenberger, im Gegenteil immer geliebt hätte.

Auf diese Worte hin fallen wir uns in die Arme und stoßen mit einer besonders teuren Flasche an. Natürlich habe ich schon früh gewusst, dass Lichtenberger Männer begehrt. Über die Jahre hat er Veronika und mir immer wieder seine Freunde vorgestellt und sich ganz verliebt gezeigt, auch wenn es dann nicht von Dauer gewesen ist. Lichtenberger ist nun mal ein leidenschaftlicher Theatermensch im lebenslangen Kampf gegen zu viel Gewohnheit. Und jetzt, wo wir wieder einmal betrunken sind, will er plötzlich von mir wissen, ob ich eigentlich schon einmal «mit einem Mann geschlafen» hätte.

Im Grunde seltsam, dass er das erst jetzt fragt, so lange wie wir uns schon kennen, so lange wie wir schon betrunken über alles Mögliche miteinander gesprochen haben.

Vielleicht ist mir während der Pubertät einmal der Gedanke gekommen, am anderen Ufer zu fischen, weil es ja auch wirklich sehr schöne Männer gibt. Aber ich denke, dass ich meine frauenfixierten Begierden niemals überwinden könnte.

Wie tragisch!, seufzt Lichtenberger und sieht dabei plötzlich sehr müde aus, und wahrscheinlich nicht einmal wegen dieses Abends. Nein, plötzlich denke ich, dass Lichtenberger *besorgt* aussieht. Er muss, als guter Freund, seit Jahren meinen Niedergang mitansehen und leidet darunter, denke ich. Mehr, als er zugibt.

14

Ob durch Zufall oder absichtlich: Lichtenberger kommt bei der nächsten Flasche auf «Selbstmord» zu sprechen. Er könne sich, wie er meint, gut vorstellen, wie ich mit dem Gedanken spiele, Veronika zu folgen, auch wenn es nicht so einfach sei, Schluss zu machen, weil der Körper die eigene Vernichtung scheue.

Gott sei Dank ist Selbstmord nichts Einfaches, sagt Lichtenberger. Gott sei Dank sei die Menschheit bis in die tiefste Wurzel der Evolution davon beherrscht, sich zu vermehren, statt zu verschwinden. Niemand – außer den Kitschphilosophen und den Kitschproduzenten von Liebesromanen und Musicals – hätte dem Menschen je versprochen, dass das Leben eine glückliche Sache sei. Nicht einmal die Weltreligionen, nach Jahrhunderten des Blutvergießens noch immer überzeugt vom Happy End der Gerechten, hätten die Behauptung gewagt, die Wirklichkeit des Lebens spiele sich jenseits von Gewalt und Leid ab.

Das klassische Drama, ruft Lichtenberger, zeigt uns die Wahrheit! Veronika, meine Schwester, die ich jeden Tag vermisse, die ich so geliebt habe!

Auf diese Worte hin muss ich weinen, wie auch Lichtenberger weinen muss und dann die nächste Flasche aufmacht. Als wir uns wieder beruhigt haben, stellt mein Freund klar, dass er mit der Kirche des Bischofs, den ich medial berate, überhaupt nichts anfangen kann, dass er aber meine katholische Anarchie unterstützt, weil ich damit anecke. Besser die Gesellschaft anpissen als unter den Zug, sagt Lichtenberger. Besser in die katholische Résistance als ins Grab.

Die katholische Anarchie, überlege ich. Wäre das nicht ein gutes Theaterstück gegen die Optimierungspolitik der humanistischen Sonntagsficker? Auf der Bühne zeigen wir revolutionäre Lederjacken-Exorzisten auf Motorrädern, sage ich zu Lichtenberger. Wir zeigen glattrasierte Techno-Priester mit tätowierter Gottgefälligkeit. Wir zeigen Nonnen, die in den seelischen Slums unserer Wohlstands-Citys Erlösung verteilen.

Genial, nickt Lichtenberger, das müssen wir aufführen! Auch wenn das Zürcher Schauspielhaus bis Ende nächsten Jahres hoffnungslos zuprogrammiert ist, dieses Stück lohnt sich, mein Freund!

Ich glaube nicht ernsthaft an dieses Bühnenprojekt, doch nach ein paar verregneten und verschneiten Wochen zwischen neuen Aufträgen für den Bischofsvikar und den üblichen schlaflosen Stunden zu Hause, kommt mir jeder Versuch lächerlich vor, überhaupt noch etwas zu hoffen, überhaupt noch Gedanken zu verschwenden an etwas Größeres als die Bewältigung des nächsten Tages.

Ich will keine Leute mehr treffen, weder ehemalige Redaktionskollegen noch meine Eltern. Auch keine fremden Leute in einer Bar, die bloß versuchen, ihre Verzweiflung mit überteuertem Fusel zu überschütten. Sinnlos ist das alles, wie es vielleicht schon immer sinnlos gewesen ist, in einer Bar gegen die Verzweiflung anzutrinken oder mit der Gründung einer Familie oder einer Karriere gegen die Verzweiflung anzuleben. Auch wenn uns diese Sinnlosigkeit in jungen Jahren, im anfänglichen Lebensschwung der Naivität, natürlich nicht bewusst ist. Wenn man jung ist, *kann* man nicht wissen, dass Beziehungen ein Trick der Evolution sind mit dem Ziel der Fortpflanzung. Sonst ist da nichts, und wenn man das einmal durchschaut hat, darf man jedem größeren Glücksversprechen den Laufpass geben und sich verabschieden. Das ist es, denke ich, das wird Lichtenberger gefallen!

Ich setze mich hin und schreibe ein neues Kapitel meiner «Auslöschung». Ein Kapitel über den wein- und whiskytrinkenden Witwer, der sich zuerst gegen die Todessehnsucht wehrt und den sogenannten Lebensmut, eine Erfindung von Existenzbeschönigern, wiederfinden will. Aber der Witwer schafft es nicht, sich anzulügen und über die Jämmerlichkeit der Gesellschaft lange genug hinwegzusehen, also folgt er seiner Frau schließlich ins Jenseits.

Mit ein paar Aufputschmitteln schreibe ich das Kapitel schnörkellos und schnell und denke plötzlich: Das wird ein Selbstmord-Abschiedsbrief, getarnt als Roman!

Ich kann nicht mehr sagen, wie lange ich an diesem Schlusskapitel gearbeitet habe, ich weiß nur noch, dass plötzlich der letzte Satz aus mir herausgekommen ist, und dass ich überrascht gewesen bin, diesen Satz zu sehen, und erst jetzt, da sich der Satz nicht mehr länger nur in meinem Inneren befunden hat, zu erkennen, *dass* es sich um den letzten Satz handelt – und zwar um den einzig möglichen letzten Satz. Um den einzig möglichen letzten Satz nicht nur für diesen Roman, denke ich, sondern überhaupt für mein Leben, weil es nun vollkommen undenkbar wäre, meinem Leben auch nur ein einziges Wort hinzuzufügen.

Sicher wird es zuerst Lichtenberger sein, denke ich, der eines Tages meine Wohnung betritt und das Manuskript findet, nachdem man unsere Familien über meinen Tod informiert hat.

Es war eine gute Zeit, denke ich und sehe mich in meiner Wohnung noch einmal um, in jedem Zimmer, bevor ich nach dem

Ende des Manuskriptes nun auch mein Ende einleite. Ich betrete das Schlafzimmer, lege mich aufs Bett und warte, bis das Licht, das durchs Fenster neben dem Spiegelschrank einfällt, sich verändert, bis die Schattenfarben der Dämmerung auf mich herabsinken und die Gegenstände im Raum abdunkeln, so wie die Häuser und Menschen draußen in der Stadt abgedunkelt werden.

Als es so weit ist, stehe ich auf und stelle mich vor den Spiegelschrank, vor dem so oft Veronika gestanden ist, die halb bekleidete, halb nackte, todestraurige Veronika.

Ich stehe da und betrachte den Mann im stillen Dunkel der Spiegeloberfläche und sage gute Nacht. Ich verlasse das Schlafzimmer und die Wohnstube und die Wohnung und gehe draußen in Richtung Bahnhof und dann weiter – weg von den Menschen, bis ich die Stelle erreiche, an der es Veronika möglich gewesen ist, die Gleise zu betreten.

Ich betrachte den Wald und höre das Plätschern des Baches und schließe die Augen und denke, dass hier nirgends mehr die Angst oder die Feigheit warten, kein Widerstand des Körpers, kein Herzklopfen. Alles ruhig, alles friedlich. Ich öffne die Augen und höre das Geplätscher und sehe die Gleise, die den Schnellzug aus östlicher Richtung zum Bahnhof führen. Genau in der Mitte warte ich und denke an einen Traum mit einem Wald wie diesem aus Tannen- und Kastanienbäumen. Ein Traum, durch den der Bach strömt wie die kalte Sicherheit, dass nun alles seine Richtigkeit hat.

Tatsächlich gibt es hier nichts, das ich im Gefühl der Niederlage oder im Ärger verlasse. Ich gehe nicht, weil mir die Welt nicht passt, weil die Menschen unerträglich sind mit ihrer wehleidigen Grausamkeit. Ich gehe nicht, weil ich um ein besseres Leben betrogen worden bin. Die Liebe habe ich gehabt und den Luxus, mir gegen Geld Gedanken über uns zu machen und diese

Gedanken in einer Zeitung zu publizieren, die viele lesen. Aber diese Gedanken über die Gesellschaft sind ans Ende gekommen.

Und ich gehe nicht, weil mich diese Gesellschaft auf die Palme bringt, sondern weil sie es nicht mehr tut, weil mich die Gesellschaft nichts mehr angeht. Ich gehe, weil ich weiß, dass sich jetzt alles nur noch wiederholen wird, mit der immer gleichen Melodie unter dem Lärm der immer gleichen, gefälschten Neuigkeiten.

Ich gehe, weil ich glücklich bin, denke ich, und höre aus östlicher Richtung den Schnellzug. Ich will nicht warten auf den nächsten Sommer. Es ist gut, denke ich, während der Zug lauter wird und mich doch für einen Moment die Angst packt und sich die Herzschläge ausbreiten wie Hitzewellen.

Es tut nicht weh, denke ich und spüre den Lärm mit dem Zittern unter den Füßen und will mich von der Panik wegzerren lassen und bleibe doch stehen und fühle den Donner und sehe nach oben in den Himmel zu den Sternen. Die Sterne, die längst nicht mehr existieren und in der Vergangenheit des Weltraums brennen wie hellblaue Stecknadelköpfe.

15

Der Sternenhimmel verschwindet. Ich lasse den Wald und die Geräusche des Bachs hinter mir und erreiche ein verlassenes Feld. Zuerst weiß ich nicht, wo ich mich befinde, dann erkenne ich den Friedhof, der aussieht wie der Friedhof in Zürich. Der Friedhof, auf dem Veronika liegt.

Ich gehe über den Pflastersteinweg, der zwischen den Gräbern hindurchführt. Nirgends ist ein Mensch zu sehen.

Da ist Veronikas Grab. Ich stocke, weil sich daneben ein Grabstein mit meinem Namen befindet. Das ist natürlich zum Lachen, obwohl dieser Friedhof genau mein Ding ist, wenn ich eines Tages den Mut finde, nicht am Leben zu bleiben.

Ich überlege – während ich weitergehe, ohne zu wissen, wohin –, ob ich es, als lebenslanger Feigling, jemals schaffen werde, dieses Leben und diese Gedanken zu verlassen? Ich überlege, warum ich nie Schluss gemacht habe. Aus Gewohnheit, das ist die Wahrheit. Aus Gewohnheit habe ich auf Lichtenberger gehört, habe weitergemacht und die «Auslöschung» geschrieben, den lächerlichen Versuch eines Romans. Nichts als Gewohnheit, dass Lichtenberger mich dazu bringen konnte, immer weiter zu existieren. Monat für Monat bis zu diesem Kulturanlass in Berlin?

Ich komme an eine Straße irgendwo in einer Stadt und blicke zum Himmel und denke an das Flugzeug nach Berlin, das Lichtenberger und ich genommen haben, um den Anlass zu besuchen.

Ich betrachte die Häuser, die Türen und Fenster und Dächer, die zu Zürich gehören könnten oder zu Berlin. Ich sehe nirgends eine Menschenseele und denke, dass ich verloren bin, irgendwo im Vorort meiner Fantasie, und rüttle an verriegelten Haustüren.

Bei der nächsten Straßenkreuzung entdecke ich eine Bar. Sieht aus wie das Lokal aus einem Urlaub mit Veronika, in dem wir viel getrunken und gelacht haben.

Jetzt wirkt das Lokal verlassen. Vorne über dem Tresen befindet sich ein Fernsehgerät. Auf dem Tresen Biergläser, Chips- und Erdnussschalen. Das Fernsehen zeigt die Reportage zu einem dramatischen Vorfall in Deutschland: Polizeiautos in der Nacht, schnell herangezoomte Ausschnitte eines von Scheinwerferkegeln umkreisten Gebäudes. Dann sieht man Szenen aus dem Innern des Gebäudes, in der Hauptrolle der Mann namens Hamed S., der mit seinem Bart in die Kamera blickt, das Schwert im Gürtel, unter der grauschwarz gemusterten Weste, auf der Knöpfe blinken. Im Hintergrund Leute mit Kalaschnikows und GoPro-Kameras.

Ich erinnere mich an die dunkelgrünen Plastiktüten, in welche die Geiseln ihre Smartphones, Brieftaschen und Blackberrys legen mussten.

Ich verlasse das Lokal. Immer noch sagen mir die Häuser und Straßen nichts. Und die Wolkenfarben des Himmels verändern sich, werden heller. In der Luft sammeln sich neue, frische Erwartungen. Eine Stimmung, die mich in mein Jugendviertel versetzt.

Ich erkenne mein Elternhaus. Ich sehe, wie mein Vater im Vorgarten erscheint, mit Anzug und Krawatte. Dann erscheint die Mutter, ebenfalls im Business-Dress, wie so oft am Morgen, wenn die beiden das Haus verlassen und mich in die Krippe verabschiedet haben, oder in die Schule.

Ich bemerke die frisch geduschte Anspannung in ihren Gesichtern und denke, dass sie im Grunde nichts dafür können; dass sie es irgendwie versucht haben, so wie ich es auf meine Weise versucht habe, und dass wir schließlich alle, jeder auf seine Weise, gescheitert sind.

Trotzdem hätte ich sie *gebraucht,* denke ich und muss fast weinen. Und meine Mutter, als würde sie es spüren, umarmt mich, gefolgt von meinem Vater.

Das ist der Abschied, sage ich. Ich muss nach Berlin. Ich muss ins Haus der Kulturen.

Meine Mutter nickt, als wäre nichts Besonderes dabei, und schaut auf ihr Smartphone, doch mein Vater scheint für einen Moment verunsichert. Er stellt mir eine Frage, aber ich kann ihn nicht verstehen, als würden sich seine Lippen nur stumm bewegen. Egal, es gibt sowieso nichts zu sagen: Lieber halte ich ihn noch einmal fest. Wie gut das tut, wie schnell über uns die Wolken dahinjagen.

Als meine Eltern ins Auto steigen, mache ich mich ebenfalls auf den Weg, das heißt: auf den Schulweg, den auch die anderen Kinder im Viertel immer nehmen. Schulkollegen, mit denen ich den Briefträger ärgere, wenn er mit dem Motorrad kommt und wir Kieselsteine nach ihm werfen, abgefallene Pflaumen und Kastanien. Wir ärgern den Hund der Nachbarin, der hinter dem Gitter des Gartenplatzes bellt; den Hund, den wir vermissen, als er eines Tages nicht mehr da ist, überrollt von einem Lastwagen.

Wir lachen über den Riss in der Hose eines Jungen, durch den wir die gemusterte Unterhose sehen. Nur Veronika und Lichtenberger kommen heute nicht mit uns in die Schule – warum nicht? Ich verlasse die Schulkollegen, um meine Freunde zu suchen.

Vielleicht sind sie auf dem verlassenen Güterbahnhof, auf dem wir gern Zeit verbracht haben, um mit der Liebe Verstecken zu spielen und im Schneidersitz Erlebnisse auszutauschen, mit geklauten Zigaretten und Bierflaschen. Wir konnten Pläne in die Luft malen, doch jetzt bin ich allein in der Stille des Güterbahnhofs.

Ich gehe weiter und suche eine neue Straße und finde den Ort, an dem sich Veronikas Elternhaus befindet. Sobald ich davorstehe, kommt Veronikas Mutter nach draußen – das Gesicht so schön, dass ich staune und denke, vielleicht zum ersten Mal, seit ich sie kenne, wie sehr sich doch Veronikas Schönheit der Schönheit ihrer Mutter verdankt. Dass die Schönheit von Veronikas Mutter sogar tiefer und ruhiger ist, und dass es wunderbar sein muss, eine solche Frau zu lieben. Mit großen Augen steht sie da. Augen, die friedlich sind und mir zeigen, dass ihr bewusst ist: Wir werden uns nie mehr wiedersehen.

Wir warten, bis es vorbei ist, bis der Moment gekommen ist – ein Lufthauch so weich, als hätten die Jahreszeiten, die alles bestimmen, überhaupt keine Macht mehr.

Als ich weitergehe, auf der baumgesäumten Straße, spüre ich den Sommer. Ich erinnere mich, wie gern Veronika im See in der Nähe geschwommen ist. Wie aufregend es gewesen ist, sie auf der Wiese am Ufer liegen zu sehen und selber dort zu liegen und die Welt wach und unmittelbar zu empfinden.

Das ist alles vorbei, denke ich und gehe weiter, während ich mir sage, dass es für mich nichts anderes mehr zu erledigen gibt, nur noch Berlin. Aber dann sehe ich das Gebäude des Zeitungsverlages, in dem ich gearbeitet habe.

Mein ehemaliger Vorgesetzter, der Chefredakteur, kommt mir entgegen, gefolgt von den Kollegen aus den einzelnen Ressorts. Ich sage ihnen, dass ich keine Zeit habe. Ich sage ihnen, dass ich nicht mehr wütend bin und verstehe. Ich sage ihnen, dass ich jetzt alles hinter mir lassen will.

Ich nehme die Hand des Chefredakteurs und schüttle sie, um mich von ihm zu verabschieden, denn wir werden uns nie wiedersehen. Für einen Moment spüre ich seine Überforderung oder Überraschung und werde doch wieder von der alten Wut erfasst. Weil ich mir sage, dass diese Leute vollkommen durchschnittlich denken und funktionieren, und dass sie sich nie getrauen, sich ernsthaft anzulegen mit der Mehrheit, die sie in ihre Durchschnittlichkeit hineingezwungen hat. Dass der Chefredakteur und alle meine Kollegen intellektuelle Waschlappen und Mitläufer sind und sich doch immer wieder als kritische Zeitgenossen darstellen, immer wieder auf den Schwingen dieses Selbstbetruges Karriere machen und die Macht erlangen, Leute wie mich auf die Straße zu stellen, allein aus Angst und Selbsterhaltungstrieb.

Ich drücke, so fest ich kann, die Hand des Chefredakteurs, bis über uns die Wolken explodieren und uns mit Regen überschütten. Ich zeige den Kollegen die Faust, die ich in ihre triefenden, dumm glänzenden Gesichter schlagen will. Ich sehe die nassen Haare, an denen ich sie packen und über die Straße schleifen will, durch das herunterdonnernde Wasser, das von den Autodächern und Gehsteigen zurückspritzt.

Aufgeschreckt durch den Regen eilen alle ins Verlagshaus, suchen Schutz vor dem Unwetter. Sie gehen in den Konferenzraum. Auch ich gehe in den Konferenzraum, genau wie früher.

Jeder Redakteur sitzt an seinem Platz und diskutiert mit dem Blattmacher die Meldungen für Inland, Wirtschaft, Sport. Als das Ausland an die Reihe kommt, erzählt der Ressortleiter von der Terrorattacke in Berlin, um die sich die Titelseite drehen wird. Der brutalste Anschlag auf europäischem Boden, das kann man gemäß Chefredakteur jetzt schon sagen: mehr als siebzig Tote, darunter Größen aus Politik und Kultur, Mitglieder des Sonderkommandos und Medienleute.

Ein Ereignis, das Jahre, wenn nicht Jahrzehnte nachwirken wird, so die Redaktionskollegen mit professioneller Betroffenheit. Man redet über die passende Fotoauswahl für die Kommentare und Einschätzungen mitsamt der über die Woche verteilten Planung des passenden Nachrufs auf die wichtigsten erschossenen oder geköpften Berühmtheiten. Man redet und streitet, wie es sich für große Ereignisse gehört. Irgendwann stehe ich von meinem Platz auf und will wissen, ob Lichtenberger und ich bei dem Anschlag in Berlin ebenfalls getötet wurden. Hat jemand eine Namensliste der Opfer zur Hand?

Nein, so eine Liste gibt es nicht, wie es scheint.

Wir warten auf nähere Informationen, sagt der Chef.

Auf Wiedersehen, antworte ich und verlasse das Gebäude.

Draußen überquere ich die Straße und komme an einer Kirche vorbei. Ich betrete das Gotteshaus, vielleicht nur, um sicherzugehen, dass drinnen nicht Veronika auf mich wartet.

Ich begebe mich zum Altar, zum roten Auge des Ewigen Lichts, und sehe den Bischofsvikar. Er sitzt in der vordersten Bank.

Ich setze mich dazu und sage ihm, dass ich dankbar bin für alles, was er getan hat, für die vielen Versuche des Bischofsvikars, mir Hoffnung zu machen und mir zu helfen.

Dankeschön, sage ich und bemerke die Müdigkeit des Seelsorgers. Ruhig sitzen wir da, bis die Traurigkeit unter uns im Boden versickert ist, bis wir uns leichter fühlen. Bis das rote Auge des Ewigen Lichts sich regt und mir der Bischofsvikar zu verstehen gibt, dass es nicht mehr weit ist und er für mich beten wird, so, wie er immer für mich gebetet hat.

16

Nach dem Verlassen der Kirche sehe ich, dass es draußen Nacht
geworden ist, der Himmel über der Stadt sternenlos.

Ich erreiche die nächste Kreuzung und erkenne das Haus der
Kulturen, erleuchtet von Scheinwerfern. Ich sehe Reporter, TV-
Übertragungswagen, Schaulustige. Und da sind Männer in Mon-
tur. Das Sonderkommando der Berliner Polizei. Sie haben vor
dem Haus Position bezogen und warten auf den Einsatzbefehl.
Jedenfalls ist das mein Gedanke, als ich mich nähere.

Ich gehe auf die Beamten zu, die von mir keinerlei Notiz nehmen, wie es scheint. Auch die Zuschauer und Reporter hinter der
Absperrung achten nicht auf mich. Ungehindert komme ich am
alarmierten Gedränge vorbei und kann nach vorne schreiten,
zum Eingang des Hauses der Kulturen.

Für einen Moment bleibe ich stehen – in der Annahme, dass
die Terroristen die Tür verriegelt haben, dass sie Wachposten einsetzen, die aus dem Fenster feuern oder sich in die Luft sprengen
werden, sobald sich jemand nähert, sobald die Polizei einen
Sturmversuch unternimmt.

Es passiert jedoch nichts. Die Eingangstür lässt sich ohne Probleme öffnen. Ich betrete die Lobby, in der niemand zu sehen ist.

Erst im Korridor gegenüber der Garderobe sind Schüsse zu hören, wahrscheinlich aus dem Festsaal. Ich zögere, weil ich plötz-

lich das Gefühl habe, dass dies die letzte Station ist, und dass ich, wenn ich reingehe, nie wieder rauskomme. Da öffnet sich die Tür zum Saal ohne mein Zutun, und es erscheint ein Mann. Lichtenberger.

Ich freue mich, ihn zu sehen. Ich will wissen, was geschehen ist. Ich will wissen, ob wir gemeinsam von hier verschwinden können, ob wir einen Ausweg finden und überleben werden und was mit den anderen Geiseln geschieht.

Ich stelle meine Fragen und blicke Lichtenberger in die Augen und höre auf zu reden, weil mir klar wird, dass es sinnlos ist, Worte zu verlieren. Weil diese Augen, die ruhig und schwarz auf mich gerichtet bleiben, nicht zu Lichtenberger gehören und nie zu Lichtenberger gehört haben und es sich im Grunde nicht einmal um Menschenaugen handelt.

Der Tod, denke ich.

Ich renne los und versuche durch verschiedene Türen zu fliehen, ins Freie zurückzukehren. Doch wie oft ich es auch ausprobiere, immer finde ich mich im gleichen Korridor vor der gleichen Gestalt wieder, die nicht Lichtenberger ist. Und dann stehe ich vor der Tür zum Festsaal, öffne sie und ich gehe hinein.

Im Hintergrund des Raums glänzt immer noch die Spiegelwand mit den Einschusslöchern, und vor den blumengesäumten Tischen sitzen immer noch die Geiseln.

Ich sehe Hamed S. mit dem Team des Ersten Deutschen Fernsehens. Der Terrorist steht neben den Leichen der mit Gewehrkolben zu Tode geprügelten Modeschöpfer H. und I., um ihn herum die Blutlachen und die kreuz und quer verlaufenden Blutstriemen der anderen Opfer. Während er von den Fernsehleuten gefilmt wird, filmt Hamed S. mit dem Smartphone die Lachen und Striemen am Boden, während zwei seiner Glaubensbrüder mit den GoPro-Kameras die Lachen und Striemen und auch die Leichen der Modeschöpfer filmen, vermutlich für den Online-Videostream.

Hoffentlich kommt das Sonderkommando, denke ich. Es *muss* kommen!

Ich sehe den berühmten Dirigenten Y. und den Shakespeare-Darsteller Z. Sie werden beide nach vorne zu den Blutlachen gebracht. Ich beobachte, wie die Kameras und Kalaschnikows auf die Berühmtheiten gerichtet werden, dann jagt man, im gleißenden Scheinwerferlicht, Dutzende von Kugeln in ihre Körper. Das geht alles schnell, ohne das Verlesen einer Anklageschrift oder auch nur die Nennung ihrer Namen, weil die Täter die Namen oder die genaueren Gründe für die Hinrichtung vielleicht nicht kennen oder, falls sie sie doch kennen, nicht wichtig finden.

Nach der Exekution lässt Hamed S. seinen Blick durch den Saal streifen und streckt den Arm aus. Er deutet mit dem Finger auf einen kleinen, glatzköpfigen Mann hinten rechts. Einen Mann, den ich erst jetzt bemerke und erkenne: Es ist ein Komiker aus dem öffentlich-rechtlichen Fernsehen Österreichs, der sich unter den Geiseln versteckt hatte. In den letzten Jahren ist der Komiker durch scharfzüngige Witze nicht nur gegen Nationalisten, Rassisten und Staatschefs aufgefallen, sondern auch gegen Christentum und Islam.

Mich erstaunt, mit welcher Kraft und Wendigkeit der Komiker, der im Fernsehen eher schmächtig und zerbrechlich wirkt, sich zur Wehr setzt, als man nach ihm greift. Er zappelt und strampelt mit voller Kraft gegen die Terrorbrüder an, fällt zu Boden, robbt nach links, robbt nach rechts und klammert sich dann an ein Tischbein, um nicht hochgehoben und vor die Kameras gezerrt zu werden. Doch natürlich wird er dennoch hochgehoben und vor die Kameras gezerrt.

Keine Witze!, ruft er. No jokes!

So möchte er wahrscheinlich versprechen, dass er sich in Zukunft in seiner Sendung nicht mehr lustig macht über den Islam oder die Scharia, erst recht nicht über Mohammed. No jokes! No comedy!

Die Terroristen antworten, indem sie mit den Gewehren auf die Hände und Arme des Komikers schlagen, damit er sich nicht mehr am Tisch oder an einer anderen Geisel festhalten kann. Sie reißen den Spaßvogel hoch und zerren ihn nach vorne und zücken, sobald sie im Scheinwerferlicht stehen, ihre Schwerter. Sie warten auf Hamed S., der sich ans Publikum wendet.

Dieser Mann, verkündet Hamed S., sei eine widerliche Schlange, weil er auf Frauen und Männer des Glaubens mit seinen dummen Sprüchen immer nur gespuckt habe, auf alle Menschen, die Allah liebten und für das Geschenk des Lebens dankten. Nie habe dieser Mann im Fernsehen etwas anderes geboten als die Beleidigung und Erniedrigung gottesfürchtiger Menschen. Die Beleidigung und Erniedrigung von Menschen, die besser seien als er. Die Beleidigung und Erniedrigung von Menschen, die in ihren Gedanken kein böses Schlangengift ausgebrütet, die aus ihrem Herzen keine Grube des Hochmuts gemacht hätten, ganz im Gegensatz zu diesem Mann, der die Luft Allahs nicht wert sei, die er atme.

Und damit rammt Hamed S. sein Schwert in den Bauch des Angeklagten und dreht es herum und zieht es nach oben und dann heraus. Hamed S. schaut zu, wie der Komiker gekrümmt am Boden liegt und die Hände auf seine Wunde presst und versucht, das Blut und die Organe drinnen zu behalten.

Die Glaubensbrüder holen jetzt eine Zange hervor. Sie wollen den Mund des Spaßvogels aufreißen, wollen mit der Zange seine Zunge festhalten und dann abschneiden. Aber sie kommen nicht dazu, die Zunge des Spaßvogels abzuschneiden, denn plötzlich ist ein Knall zu hören, eine Erschütterung, die Boden und Wände erfasst. Eine Explosion, vielleicht draußen im Korridor.

Das Sonderkommando, denke ich.

Tatsächlich stürmen Männer mit Helm, Schutzpanzer und Maschinenpistole in den Raum. Sofort und ohne zu zögern, als hätte er den ganzen Abend auf diesen Moment des Einsatzes der Berliner Polizei gewartet, rennt Hamed S. mit seiner Pistole auf die Beamten zu.

Er ruft *Allahu akbar!* und feuert in die Beine der Polizisten, die ungepanzert sind. Er bringt zwei Beamte zu Fall und stürzt sich auf zwei weitere Beamte und reißt sie mit sich zu Boden.

Dann aktiviert er seine Sprengstoffweste.

Es werden alle in Stücke gerissen – von einem blitzfarbenen Donnerschlag, der nach oben in die Decke fährt. Mit Kristallscherben und Metallteilen des Kronleuchters werden die Körperteile der Beamten und von Hamed S. durch den Raum geschleudert, zusammen mit Holzsplittern und Kleiderknäueln, mit Ausrüstungs -und Fleischfetzen. Es regnen glühende, rauchende Teile herunter, aus dem dampfenden Qualm eines Kraters, der sich direkt über uns befindet. Ich kann den Krater sehen und riechen, aber nicht sagen, warum oder seit wann ich auf dem Boden liege.

Ich kann nicht sagen, ob ich richtig höre, dass überall im Saal geschossen wird, ob ich richtig höre, dass weitere Sprengstoffwesten gezündet werden und dass Geiseln herumrennen.

Ich versuche wieder hochzukommen und stütze mich auf einem umgekippten Stuhl ab. Zuerst sind meine Beine wie betäubt. Sie geben nach, ich sinke zu Boden und greife noch einmal nach dem umgekippten Stuhl.

Ich komme auf die Beine, umgeben von Rauchwirbeln, die über den Boden tanzen. Ich erkenne zwei Geistesgrößen aus dem Feuilleton, die versuchen, sich unter einem Tisch zu verstecken, andere stehen da und rufen etwas. Ich muss ausweichen, weil ein Stück Arm am Boden liegt, und dann ein von der Explosion abgerissener Kopf, am Stirnband immer noch die GoPro-Kamera, die wahrscheinlich weiterfilmt.

Ich kann nicht sagen, aus welcher Richtung oder *in* welche Richtung geschossen wird. Ich fliehe zuerst nach vorne auf der Suche nach der Haupttür des Festsaals, deren Umrisse nur noch zu erahnen sind hinter dem Rauch und den Flammen. Ich habe das Gefühl, gleich da zu sein, und muss stehen bleiben und sogar vor der Hitze zurückweichen. Das Feuer wächst. Ich bewege mich rückwärts zurück, in die Mitte des Raums und dann weiter, zur Spiegelwand, wo Hitze und Rauch nachlassen, wo andere Geiseln ausharren.

Die Seitentür!, ruft eine Frau.

Sie hat blondes, versengtes Haar, fast keine Augenbrauen mehr, das blaue Kleid voller Brandlöcher. Sie wankt voraus, wir folgen ihr auf der Suche nach einem Seitenausgang. Wir finden keine Tür.

Unterwegs erkenne ich, verletzt am Boden liegend, den international bekannten Schweizer Tennisstar in seinem weißen Anzug. Ich möchte ihm helfen, doch jemand feuert mit der Maschinenpistole immer genau in Richtung des Tennisstars. Es ist, als wüssten die Terroristen genau, wo der Schweizer liegt, als würden sie um jeden Preis verhindern wollen, dass der Maestro des Tennis überlebt, weil es besser für das Medienecho ist, wenn auch dieser beliebte Weltsportler vom Zorn Allahs ausgelöscht ist. Oder ist es einfach so, dass der weiße Anzug ein gut sichtbares Ziel darstellt?

Mehrmals versucht der Weltsportler aufzustehen und fällt zu Boden, so geschickt und schnell, dass ich mich frage, woher er immer noch die Kraft dafür hernimmt. Wie an einem seiner Turniere wirbelt er herum und bewegt die Arme, als wolle er die Kugeln gleichzeitig auffangen und sie, mit seinem unsichtbaren Schläger, als Tennisbälle zurückschicken in die andere Hälfte des Saals. Zurück zum Terroristen, der weiterfeuert und den Maestro so oft trifft, bis fast der ganze Anzug rot ist und das Gesicht und der halbe Kopf des Maestros zerstört daliegen, während der rechte Arm immer noch weitermacht: Aufschlag, Volley, Smash.

Doch vielleicht stimmt das gar nicht? Vielleicht findet diese Szene nie statt und kommt nur von einer Fata Morgana in der Hitze des Rauchs, der mich schwindlig macht, der mich zum Husten bringt und der auch die anderen Geiseln, vor mir oder hinter mir, zum Husten bringt. Und vielleicht gehen wir inzwischen jeder für sich weiter. Und vielleicht suchen wir gar nicht mehr nach einem Seitenausgang.

Ich kann auch nicht mehr sagen, von wem die Kugeln kommen, die nicht aufhören, immer wieder an mir vorbeischießen und ins Parkett schlagen, in die zusammenzuckenden und hochspringenden Tische, Blumen und Teller. Ich weiß nicht, sind es nur Terroristen-Kugeln oder auch Sonderkommando-Kugeln, sind es nur Kugeln oder auch andere glühende, spitze Gegenstände. Ich glaube, ich werde am linken Oberarm getroffen, und etwas zischt dicht an meinem Ohr vorbei. Und ich glaube, ich muss über mehrere verletzte und zerfetzte Körper steigen, muss Hände abschütteln, die mich festhalten wollen, Stimmen, die um Hilfe rufen. Ich gehe weiter und sehe andere vor mir durch den Rauch gehen, aber vielleicht bewegen wir uns längst im Kreis, als Teil eines Terrorballetts, das uns nicht bewusst ist.

Hinten an der Wand erkenne ich immer noch den Spiegel mit den Einschusslöchern. Ich erkenne das zersplitterte, zerstückelte Spiegelbild unserer Bewegungen. Zersplitterte, zerstückelte Szenen einer Falle, die für immer zugeschnappt ist über dem zersplit-

117

terten, zerstückelten Leben, von dem trotzdem niemand lassen will und das wir um jeden Preis hinaus ins Freie retten möchten, durch einen Ausgang, den es nicht gibt.

Und vielleicht höre ich plötzlich auf, dagegen anzukämpfen und löse mich von der Gruppe. Vielleicht bleibe ich einen Moment im Rauch stehen und bewege mich dann auf den Spiegel zu, bis ich vor der Wand stehe und die Oberfläche berühren kann.

Bis ich im Spiegel sehen kann, wie eine weitere Sprengstoffweste gezündet wird und daraus ein schwebender Feuerbaum entsteht: mit goldenen und roten und rauchschwarzen Flecken, mit herabtropfenden Flammenblättern und Ästen, die sich knisternd nach allen Seiten ausstrecken und an den Wänden entlangkratzen. Flammen, die an unseren Körpern und Schuhen schnuppern, an Tischtüchern und hochprozentigen Flaschen, bis alles auseinanderplatzt und das Feuer auf Arme und Haare spritzt und in die Schultern und Brustkörbe beißt.

Ich weiß nicht, wie lange ich vor dem Spiegel stehe und wann ich weitergehe, durch den Rauch. Ich weiß nicht, warum ich nicht längst vom Feuer erwischt worden bin – und warum mich auch der Rauch nicht aufhalten kann. Und ich weiß nicht, wann ich Veronika sehe. Veronika mit den langen schwarzen Haaren und dem Kleid, das sie im Sommer getragen hat.

Sie wartet, bis ich bei ihr stehe.

Sie nimmt meine Hand und führt mich weg, während ich denke, dass ich müde bin und wahrscheinlich auch sie müde ist, und zwar schon so lange, dass es mir unmöglich vorkommt, und aus Gründen, die mir bis heute, bis zu diesem Augenblick, unverständlich geblieben sind.

Und ich denke, dass wir endlich nach Hause gehen, um uns auszuruhen, aber dass ich sie vorher küsse und dann neben ihr auf dem Bett liegen werde, um mir für immer einzuprägen, wie sie im Traum atmet und sich bewegt und wie ihr Gesicht dabei aussieht.

Ich bin sicher, dass Veronika weiß, welche Tür wir nehmen müssen auf unserem Weg.

Ich folge ihr, bis sie stehen bleibt. Wir setzen uns auf den Boden, der sich weich anfühlt wie auf einer Wiese, und ich sehe über uns den schwebenden Baum aus Feuer, der mich an die Explosion erinnert, aber nur für einen Moment. Dann spüre ich unter meinen Füßen die Wiese, und ich sehe die Bäume, unten am See.

Sie rettet uns, denke ich und spüre zugleich, wie die Kraft des Gedankens aus mir heraustropft. Und ich sehe, wie sich Veronika über mich beugt, und denke ans Wasser, an die Stimmen am Ufer jener Zeit. Ich höre das Plätschern in der Ferne und das Gelächter, während sie über meinen Kopf streichelt, über meine Haare, und ich ihr sagen will, wie grausam ich sie vermisst habe.

Anmerkung des Autors

«Auslöschung» ist die Neubearbeitung eines Manuskripts aus dem Jahr 2016. Ich danke dem Fontis-Verlag dafür, dass er den Roman veröffentlicht.

Über den Autor

Giuseppe Gracia ist sizilianisch-spanischer Abstammung, verheiratet und hat zwei Kinder. Der Schweizer arbeitet als Publizist, Kommunikationsberater und Schriftsteller: «Schwarzer Winter» (2023), «Die Utopia Methode» (2022), «Der Tod ist ein Kommunist» (2021), «Glorias Finale» (2021), «Der letzte Feind» (2020), «Das therapeutische Kalifat» (2018), «Der Abschied» (2017), «Santinis Frau» (2008) u. a. Gracia ist regelmäßiger Autor für das Feuilleton der NZZ. Er publiziert auch Beiträge in deutschen Medien wie Focus Online und Welt.

Weiterhin erhältlich

Giuseppe Gracia
Der letzte Feind
Roman

Unter der Führung eines neuen Papstes, der für viele ein rückständiger Traditionalist ist, plant die katholische Kirche in Rom das «Dritte Vatikanische Konzil»: eine Versammlung von über 3000 Bischöfen und Kardinälen aus aller Welt, geprägt von heftigen Richtungskämpfen. Bereits im Vorfeld kommt es zu mysteriösen Todesfällen und schließlich, während des Konzils, zu einem brutalen Anschlag. – «Der letzte Feind» ist ein philosophischer Thriller zwischen Technikgläubigkeit und Christentum, zwischen Humanismus und globaler Totalverwertung des Menschen. Grandios ausbalanciert und inszeniert.

978-3-03848-196-6 | Klappenbroschur | 256 Seiten

Weiterhin erhältlich

Giuseppe Gracia
Der Tod ist ein Kommunist
Ein Fiebertraum

In Bezug auf die Corona-Pande-
mie hat der Professor offenbar
Wahnvorstellungen entwickelt:
Journalist Hofstetter besucht seinen Doktorvater und Freund in
der Psychiatrischen Klinik Ho-
belberg, wo der Emeritus für Philosophie therapiert wird. Der
alte Mann muss die Menschheit davor warnen, sich impfen zu
lassen. Er geht fest davon aus, dass hinter der Corona-Politik
eine Verschwörung steckt. Hofstetter versucht, den internierten
Freund zur Vernunft zu bringen. Doch dann wird er auf offener
Straße entführt. Die schwer bewaffnete Gruppe «weiß», dass dem-
nächst der Untergang der Menschheit stattfindet …

978-3-03848-217-8 | Klappenbroschur | 152 Seiten